弟切抄

鎌倉幕府草創記

otogirisho

森山光太郎

河出書房新社

目次

序章　武士に非ざれば——5
第一章　血脈——9
第二章　鎌倉の主——51
第三章　偽りて——111
第四章　扇——153
第五章　猛き者——189
第六章　将に非ず——241

本文・カバーデザイン　阿部ともみ［ESSand］

弟切抄
——鎌倉幕府草創記——

序章

武士に非ざれば

祇園精舎《ぎおんしょうじゃ》の鐘の声、諸行無常の響きあり。

沙羅《さら》双樹《そうじゅ》の花の色、盛者必衰の理をあらはす。

おごれる人も久しからず、ただ春の夜の夢のごとし。

猛《たけ》き者もついには滅びぬ。

ひとへに風の前の塵に同じ。


鎌倉時代——盲目の法師たちが、流れるように、時に爆《は》ぜるように語ったのは、平氏の栄華と没落の物語である。しかし、そこで語られるものは、単なる平氏一族の滅びなどではなく、なぜ時代は変わっていくのか、変わらなければならないのかという、祈りにも近い問いかけであるように思う。

平氏の栄華と没落の時は、平安末期のこと。

治承《じしょう》・寿永《じゅえい》の乱、世に言う源平合戦によって起きたものである。

四年七カ月にわたるこの戦は、力を持つ平氏に、持たざる源氏が挑んだ武士同士の戦いと理解されることが多い。挑んだ源頼朝《みなもとのよりとも》が勝利し、鎌倉幕府を創り上げたことを、誰しもが知っている。

だが、勝利した者たちの足跡を追っていけば、彼らは本当に栄華を掴むことを最初から望んでいたのだろうかと、ふと疑問を抱く。

平安末期――。

三百余年の長きにわたって、人が人に死を与える死刑は廃れていた。承和《じょうわ》九年（八四二）に薨去《こうきょ》した嵯峨《さが》帝以来、保元《ほうげん》元年（一一五六）の保元の乱に至るまで、王家が朝臣に死刑を与えることは無かったという。そしてこれは、何も朝臣ばかりではなく、下級官人に至るまでを抱擁するものであった。

長き断絶を経て、しかし再び王家が死を命じなければならなかったのは、何故《なにゆえ》なのか。

ここに法師たちの祈りの答えがあるように思う。

保元元年、後《ご》白河《しらかわ》帝が忸怩《じくじ》たる思いで死を命じたのは、平忠正《たいらのただまさ》と源為義《ためよし》である。

一方は平清盛《きよもり》の叔父であり、もう一方は、後に鎌倉幕府を開くことになる源頼朝の祖父。

彼らに共通するものがあるとすれば、それは彼らが武士であるということであろう。

後白河帝は、背いたがゆえに彼らを殺そうとしたのか、それとも武士であるがゆえに彼らを殺そうとしたのか。

帝の真意など、もはや知りようもない。だが、一つだけ明らかなことは、承久《じょうきゅう》三年（一二二一）の承久の乱に至った時、かつて死を命じられた武士が、王家を制したことである。

二人が殺されてから、六十五年――。

それは、武士とはいかなる存在なのか。彼ら自身が、己に問い続け、答えを出そうと足掻いた年月である。

第一章

血脈

一

仁安《にんなん》二年（一一六七）九月――。

茜色の西日差す関東平野に、芒《すすき》が揺れている。

遥か奥州まで続く山は、どれほど手を伸ばしても届かないと思うほどに遠い。空に浮かぶ大きな雲の影に足を踏み入れた時、範頼《のりより》は剝き出しの自然が自分を包んだようにも感じた。

どこまでも人の営みが見えない景色は、範頼が生まれ育った遠江国《とおとうみのくに》池田《いけだ》宿（現在の静岡県磐田市）とも、京の街並みとも違う。全てが計り知れないほどに大きく感じた。

人の手では、どうすることもできないものがある。

雄大な景色は、範頼にそう伝えているようだった。

常は人に水を与え、街道のない地では道の代わりともなる川は、一度大雨が降れば狂奔し、無数の人を呑み込む竜となる。人が生きる大地は、時に立つことすら許さぬほどに激震し、住まう家屋を人から奪う。

今、自分が目にしている雄大な太陽にしてもそうだ。

竜のごとき川を干上がらせ、大地に渇きを与える陽光は、容易に人の糧《かて》を枯らし、数万、数十万の命を奪っていく。

人は、あまりに小さく弱い。

「その中でも、俺はどうしようもなく小さいのだな」

二十歩ほど離れた後方、京から供をしてきた三人の男の直垂《ひたたれ》は、裾が泥に汚れている。なぜ、自分たちが鬼子を守らねばならないのかとでも思っているのだろうか。彼らをちらりと見て、範頼は自らの小さな手へ視線を落とした。

池田宿で遊女の子として生まれた。

不自由なく暮らしてきたとは思う。腹が減れば食い物が差し出された。寒いと言えば、火鉢が傍にさりげなく置かれた。だが、幼い頃から、範頼に親しく話しかけてくる者はいなかった。

板塀の外では、同い年くらいの童《わらべ》が、輪になって笑い声をあげていたが、範頼がそこに混じることは決して許されなかった。なぜ許されないのかと、そう問いかけた範頼に、母は誇りを滲ませた瞳を向けてきた。

〝六郎《ろくろう》。そなたは、いずれ武士を束ねる者になるのです〟

母のその言葉は、今も耳の奥にこびりついている。

母は、範頼を決して民と交わらせようとはしなかった。日々、入れ替わるようにして名も知らぬ者が範頼の前に現れた。

大陸から伝わり、朝廷のとある一族にのみ相伝されるという兵書を指南する者がいたかと思えば、山野に求めうる薬を板の間に広げる者もいた。親しく話すことのできる者がいなかった範頼にとって、彼らは退屈を紛らわしてくれる存在でもあった。学ぶことは苦痛だった。だが、狭い板塀の中で独り過ごす孤独よりかは、多少辛くはない。範頼にとっての学問など、その程度のものだった。

学ぶ意味を知ったのは、池田宿を賊が襲った時のことだ。

賊の狙いは、池田宿に匿われている貴人。それが自分のことだと、すぐに分かった。館に詰めかけ慌てる大人たちを前に、範頼は自分を囮《おとり》にして、賊を罠に嵌めることを提案した。冷静な童を前に、大人たちが目を丸くしていた。

荒天の夕方。

供を連れず、一人で館の外を歩いたのは初めてのことだった。いつ襲われるとも分からなかったが、初めての自由に、肌寒い雨風さえ心地よかったのを覚えている。

広瀬川《ひろせがわ》の渡船場まで歩いた時、川辺に群生する葦《あし》の中から、いくつもの足音が聞こえてきた。川は荒れ、往来の人もない。濡れた小袖に目を落とし、範頼は濁った水面に一歩、足を踏み入れた。

はたから見れば、入水《じゅすい》しようとしているようにも見えたかもしれない。

響いたのは、待てと、範頼を呼び止める声だった。振り返った範頼の視界の中に、いつ以来剃っていないのか、顔を髭《ひげ》の中に埋め込んだかのような男が現れた。刀を抜くのも忘れ、右手を突き出している。

その瞬間、係留されていた舟の中から、宿の男たちが次々に立ち上がった。弓を構え、鏃《やじり》は真っすぐに髭面の男へと向いている。葦の中から男の仲間と思しき賊が這い出てきたが、十人に満たない。弓を持って囲む大人たちは、三十を超えていた。

大人たちの中心に、自分がいる。

これで、誰も死なずに済む。そう安堵して髭面の男に笑いかけた時、すぐ傍で響いたのは、放てという怒声だった。

雨を切り裂くようにして飛ぶ矢が、髭面の男の身体に吸い込まれていく。声も出なかった。

信じられないものを見るように範頼を見る髭面の男が、直後、怒り狂ったように吠えた。胸に突き立った矢を握り、思いきり引き抜く。血飛沫とともに、男の襤褸《ぼろ》のような直垂が破れた。肋《あばら》が浮き出た胸に、範頼は釘付けになった。

髭面の男が突っ伏すように倒れると、残る賊は次々に跪《ひざまず》いた。

賊をどうするのか。呑み込めない生唾を口の中に溜め、見上げた大人たちの目には、残酷な光があったように思う。

気を失い、次に目覚めた時、範頼の前には土気色に変色した生首が並んでいた。

無数の疵《きず》は、いまも生々しく覚えている。明らかに死んだ後につけられた傷痕だった。

衣服を剝がされ、頭頂部を露わにされた彼らの骸の前で、民は範頼のことを、言葉を尽くして称賛した。

さすが源氏の貴種だと笑う大人たちの顔には、返り血がべっとりとついていた。

だが、なぜ源氏の貴種だからと褒められるのかは分からなかった。人が多勢死んだのだ。武士の棟梁の息子として褒められたのか。しかし、武士という言葉の意味を、範頼は分かっていなかった。土地を守るために戦う者が武士ならば、池田宿を守るために賊を膾斬《なますぎ》りにした民は何者なのか。

そして、それは父である源義朝《よしとも》が、平治《へいじ》二年（一一六〇）の政変で討たれて、さらに分からなくなった。範頼を称賛した者は、あっさりと背を向けた。斬り刻んだ賊へ向けた目をしている者もいた。

なぜそのような目を向けられるのか――。

その目を向けられた夜、館の隅で膝を抱えて震えた。長く苦しませるため、賊の首を、錆《さ》びついた刀で鋸引きに殺すような者たちだ。自分は、ただ池田宿で生まれ、そして塀の中で息を殺しながら生きてきただけにすぎない。

父が、平氏一門に討たれたと教えたのは、赤く目を腫らした母だった。

後白河院近臣の対立に巻き込まれた父義朝は、麾下《きか》の武士を率い、一時は朝廷を制したのだという。しかし、熊野参詣に京を離れていた平清盛が大軍を率いて京へ帰還し、後白河院、二条《にじよう》帝が清盛支持を表明するに至って、一夜にして賊軍へと立場を変えた。

父を巻き込んだ公家藤原信頼《ふじわらののぶより》は処刑され、父は尾張国（現在の愛知県西部）の武士の裏切りにあって殺された。

そこで初めて、範頼は自分に五人の兄と三人の弟がいることを知った。五人の兄のうちの二人は、逃げ落ちる中で討たれ、長兄である義平《よしひら》は捕らえられ、京六条河原で処刑されたという。一族の死に何も言えぬ範頼を前に、母は叫ぶように出立の支度を命じた。

平氏の目は厳しく、草の根を分けてでも義朝の遺児を捜し出して殺す。そうなる前に逃げよと喚く母に手を曳かれ、池田宿を発ったのは翌年の春の芽吹きの頃であった。

遠江国を出てから、人の目を避けるように各地を渡り歩いた。尾張国へ入り、美濃国（現在の岐阜県）、近江国（現在の滋賀県）を経て、京に入った。母子の旅はあまりにも目立つ。追い詰められたような顔をした母は、そう言い残して近淡海《ちかつあふみ》（琵琶湖）の中に消えていった。自分を狭い部屋に閉じ込めてきた人だった。

これで自分を籠に入れる者はいなくなると思うと、止めることはできなかった。靄《もや》の中に消えていく母の背に流れた涙を拭った。

独り、京に入った範頼を出迎えたのは、藤原範季《のりすえ》という貴族だ。上皇となった後白河院の院司《いんのつかさ》（事務官）でありながら、院と対立する廷臣と親交を結び、平氏一族の娘を娶るような男だった。一目で上質と分かる黄の直垂に大鋳《おおさび》の烏帽子を乗せ、いかにも公家といった風体であったが、その眼には強い反骨の光があった。

池田宿で森羅万象を範頼に教えた者たちが、範季によって遣わされていたことも、それを父義朝に頼まれていたことも、そこで知った。

「人は弱い生き物じゃ」

寝殿造りの屋敷の釣殿で、満月の下、範季は琵琶をかき鳴らしていた。

「平氏はお前の父を殺し、兄を殺した。だが、ついぞ鏖《みなごろし》にはできなかった」

そう呟く男の顔には、凄惨な笑みが浮かんでいたように思う。

「範頼。今日から、そう名乗れ。儂《わし》の字を呉れてやる。血祭りにあげ、門出を寿《ことほ》ぐという字じゃ」

何も答えない範頼を一瞥し、男は嗤《わら》った。

「お前がいかなる門出を寿ぐかは、お前自身が決めよ。いずれにせよ、血にまみれた門出じゃ。今のところ、お前は武士でも公家でもない。じゃが、どちらにもなる資格は持っておる。人は弱く、争い続けるものじゃ。争い続けてどちらも滅びる愚かさも持ち合わせておる」

悲しいのうと、男は続けた。

「ゆえに、儂は勝つ者を捜し続ける。儂を敵と昵懇《じっこん》にするうつけと呼ぶ愚か者もおるが、彼奴《きやつ》らこそうつけよ。勝つ者が現れねば人は滅びるぞ、範頼。じゃから、儂は清盛と結ぶことを決めた」

貴方が、父を殺したのですか?

初めて口を開いた範頼に、範季は豪快な笑い声を上げた。

「いずれ分かる。公家より生まれた武士。その荒々しい血の滾《たぎ》りは、親を超えようと犬のごとき愕《あぎと》によだれを垂らしておる。武士か公家か。どちらを勝たせるか、お前は選ばねばならぬ。それだけの才は与えた。そして選んだ時、なぜ父が死んだかも分かるであろう」

範季は、範頼が武士でも公家でもないと言い切った。母は、武士の棟梁になるのだと言った。自分が何者なのか分からなくなった範頼に、範季は笑い顔をおさめ、遠く東の夜空に目を向けた。

「坂東へ行け。範頼。清盛は史上類を見ない傑物ではある。じゃが、彼奴もまた人の子よのう。弱さを捨てることはできなんだ。火種を一つ、消しそびれておる」

「火種とは、頼朝殿のことでしょうか」

見たこともない兄の名を口にした。その存在も知ったばかりであり、他人のようなものだった。孤独に生きてきた範頼にとって、父の傍で愛されて生きてきた男の名には、疼きさえ感じる。

「ふん。小賢しいな。何もお前の兄ばかりではないわ。誰であろうと、半端な火種となるくらいであらば、その前に消さねばなるまいて。勝てぬようであれば、誰かが殺さねばならぬ――」

そう言った男の瞳が、まっすぐに範頼を見つめていた。この男は、自分に何を望んでいるのか。

顔も知らぬ兄を、源頼朝を殺せと、範季は言ったのか――。

鵺《ぬえ》のような不気味な気配を持つ男が立ち上がると、範頼の胸に一振りの刀を押し付け、そして何も言わず館の奥へと消えていった。京にいた二年間、範季と話したのは、その一度きり。

　水の上に立っているような感覚だった。

　自分が何者なのかも、何をすればいいのかも分からない。ただ名と命があるだけであり、手を差し伸べてくれる母も父もおらず、肩を並べてくれる友もいない。血の繋がった兄弟がいることは知っているが、武士として生きてきた彼らと違い、自分は池田宿の板塀の中で永遠に続くような日出《にっしゅつ》を数え続けてきただけだ。

「何故、俺はここにいるのだろうな」

　誰かに翻弄され、流されるままに下野国《しもつけのくに》（現在の栃木県）の地面を踏んでいる。昔からそこにあり続け、決して応えることのない星々に呟くと、いつの間にか日が暮れていることに気づいた。背後、供をしていた三人は焚火の周りで膝を抱いて寝ている。ふりをしているだけなのだろうか。腰に吊るされた刀の重さに、範頼は拳を握り締めた。

　ここで、この三人を殺してしまえば、自分は自由になるのだろうか。それとも返り討ちにあい、下野国の秋野に屍を晒すことになるのか。それもそれで自由には違いない。

　喉が鳴った。

　柄を握っていた。掌は汗にまみれている。刀の振り方は習ったが、殺し方は教わっていない。斬れば死ぬという事実だけは知っている。男たちまでおよそ十歩。鼾《いびき》が聞こえた。

　焚火の温かさが風に乗り、顔を撫でた。

「殺して、どうする」

　不意に聞こえた言葉に、範頼は咄嗟に柄から手を離した。

「手を離すとは、それでも武士か」

　いつからそこにいたのか。振り返った範頼の胸に、まっすぐ伸びる刀の切っ先。男が範頼を見つめていた。囲まれているのか。闇の中の気配は増え続けている。

　まだ若い男だった。細い眉と涼しげな瞳は理知を感じさせ、自分よりも若く十二、三くらいだろうか。微動だにしない刀からは、男の積み重ねたものが漂っていた。

「この地で刀を抜くというならば、私は黙っているわけにはいきません」

「抜いているのは、お前だろう」

　目の前の男が何者なのか、この男が自分を殺そうとしているのか、どれも興味の無いことだった。若くして威厳を感じさせる男の名を知りたいとも思わなかったし、突き付けられた切っ先が心の臓を破ったとしても構わなかった。

　その瞳を、ただ見返していた。男が目を細め、首を左右に振った。

「……斬ってしまおうか」

　男がすっと刀を引き、流れるような所作で切っ先を夜空に向けた。

「お前たちはずっとそうだ。我らの父祖が必死で拓《ひら》いた土地にやってきては、恩着せがましい顔で争いを治めてやるゆえと、土地を掠め取っていく。お前の父のせいで、我らがどれほど辛酸を舐めたと思う」

言葉から察するに、この男は下野国在地の武士の子なのだろう。男の顔には、悔しさと憎しみがない交ぜになっている。

武士は寸土を争って戦を繰り返す生き物だ。己の力で、己を救済する。できねば、ただ死んでいくだけ。それが在地の武士の掟だということは範頼も知っていた。

永く、血で血を洗う戦を繰り返してきた彼らの前に現れたのが、王家との血縁を持ち、朝廷を後ろ盾とした京の武士だった。京武士は、在地の武士の争いを自らの権威をもって鎮める代わりに、その地の支配を在地の武士に認めさせる。戦に疲弊した者たちもまた、諸手をあげて京武士を受け入れた。

「お前が誰かは知らぬが、京の武士がいたからこそ、お前も今ここで刀を握っていられるのだろう」

「討たれ、再び騒乱を引き起こすようなうつけを望んだことはない」

半ば叫びのような声だった。

「お前の父義朝が討たれ、坂東は天地が逆さになったぞ。千葉や上総《かずさ》の一族は二つに割れ、常陸国《ひたちのくに》（現在の茨城県）の佐竹《さたけ》は、再び下総《しもうさ》（現在の千葉県）へと食指を伸ばし始めた。上野国《こうずけのくに》、下野国も同じ。たった一人殺されるだけで砕ける平穏など、我らは望んでいない。義朝を討った平氏の庇護を受けると、父上は決めたはずだ。にもかかわらず、なぜ――」

目の前の男が、自分に敵意を向ける理由が、ようやく分かった。

「お前は、小山小四郎《おやまこしろう》か」

藤原範季が、範頼を預ける先として選んだのが、下野国衙庁《こくがちょう》にあって、代々押領使《おうりようし》（軍の司令官）を務める小山家だった。足利《あしかが》や宇都宮といった有力な武士と並立しながら、現当主である小山政光《まさみつ》は下野随一の力を誇っている。

政光は、義朝が討たれて以来、在京し、平氏に近づいている男だ。

「私の名を呼ぶな。範頼」

在地の武士が、まがりなりにも源氏の血を引く範頼の名を呼ぶことなど、本来許されることではない。あえてそう呼ぶということは、小山家にとって、もしくは小四郎にとっては敵であるということなのだろう。

「俺は源範頼などではない」

小四郎が怪訝《けげん》な表情をした。

武士の棟梁の血を引く源範頼であろうとしたことは、これまで一度もない。にもかかわらず、源範頼への殺意を全身に湛えている小四郎の姿は、自分の知らない誰かを殺そうとしているようにも思えた。

殺されるのは別に構わない。だが、自分ではない誰かとして殺されることは我慢ならなかった。

柄に再び手をかけた時、小四郎が半身になった。

月を隠していた雲が流れ、月明かりが下野の草原を広く照らした。小四郎の姿が鮮明になる。小綺麗な紬《つむぎ》の直垂は、皺一つない。なぜか、無性に腹が立った。

刀を抜いた。京で、藤原範季から押し付けられた刀だ。反りのない刀身に、白い月の光が映る。

「俺の名は、六郎だ」

「お前が死ねば、我が一族は安泰になる――」

「史《し》は繰り返すさ」

小四郎の声を遮り、範頼は刀を下段に構えた。

「勝者は驕《おご》り、敗者は血涙《けつるい》を呑む。呉《ご》の夫差《ふさ》しかり、越《えつ》の勾践《こうせん》しかり。史を辿れば、驕った勝者が、悔しさを忘れぬよう薪の上に寝たかつての敗者に討たれ、国を失うことは数え切れぬほどある」

自分は何を言っているのだ。まるで、源氏の生き残りとして、平氏を打ち倒すと言っているようなものだった。馬鹿馬鹿しいという思いの中で、範頼は刀を地面に投げ捨てた。

小四郎が、目を見開いた。

「俺は、ただの六郎だ」

「何が言いたい」

「お前は武士である小山小四郎だろう。だが、俺は源範頼ではないということだ」

「意味が分からぬ」

ゆっくりと間合いを詰めた。小四郎の刀の間合い。その肩が動いた瞬間、範頼は一気に懐に飛び込んだ。小四郎の肩を摑む。

「俺は、義朝の血を受けたことなど知らぬ。敗れた頼朝が兄として伊豆に配流されたことも知らぬ。だが、頼朝が生きていれば、いずれ再び勝者と敗者はその立場を変えるやもしれぬ」

「頼朝が平氏を打倒すると？」

「そうなった時、平氏の傘の下にある小山家はどうなるか。伊豆から海を越えれば、かつて義朝に仕えた上総広常《ひろつね》や千葉常胤《つねたね》ら坂東で最大の力を持った武士がいる。甲斐《かい》（現在の山梨県）には源氏の一族がいまだ力を握っている。下野の足利、上野の新田《にった》もまた血筋だけを見れば源氏に連なる武士だ」

小四郎がすぐ傍で喉を鳴らした。

「その時、小山家が生き残ることができるか。お前の父君は、そこまで見通し、俺を受け入れることを決めたのではないか？」

小四郎の唸り声が聞こえた。風の中に、焚火の爆ぜる音が響いた。

「案ずるな」

茜色の光を受ける小四郎にそう囁き、範頼は間合いを取った。

「先ほども言った通り、俺は武士がどうなろうと、源氏がどうなろうと知ったことではない。そこに有難みを感じるほどの生き方はしてこなかった」

肩を竦《すく》め、範頼は地面に投げ捨てた刀を拾うと、鞘の中に放り込んだ。

「小山家を害する気はない。郷里を持たぬ流浪の民が一人、下野国に流れ着いた。そう思うことはできぬか？」

「できぬと言ったら？」

「後ろの三人を殺して、流れるかな」

そう告げた時、小四郎の瞳にあった棘々しい光に、困惑が浮かんだ。その困惑は束の間で小さくなり、消えた。

小四郎が刀を返し、鞘に納めた。

「私は小山家の後嗣として、一族を繋いでゆかねばならぬ」

「それで？」

「妨げになると思えば、斬る」

思いつめるような表情でそう言い捨てると、小四郎が背を向けた。その背は、大きくも小さくも見える。

今、自分は殺されかけたのか——。

遠のく背中に、ふと足元から震えが込み上げてきた。武士の棟梁の子というだけで殺されかけた。源義朝の子という血が、呪いのようにも思えた。幼さを残す小四郎に、一人刀をとらせるほどの呪いだ。

誰に、この心を話せばいい。

小四郎の背中が闇の中に消えた時、範頼は広がる平原に独り取り残されたような気持ちになった。

「俺は、戻りたいのか」

口から出たのは、池田宿の板塀の景色の懐かしさだった。しがらみも何もない。自由がないことを我慢すれば、何かを不安に思うことはなかった。母も、そこにいた。

芒の中に駆け込み、膝を抱いた。

なぜ、自分がこんな目にあわなければならないのだ。笛のような虫の音が、身体を包み込むようで、さらに孤独を感じさせた。父が源義朝でなければ、父が武士でなければ。それを捨てることができれば、生きることはできるのだろうか。自分を殺そうとするものは、いったい何なのか。

見上げた空、やはり星々は何も応えてくれなかった。

二

承安《じようあん》元年（一一七一）七月――。

夏の日差しが、直垂をじっとりと濡らしていた。

範頼は二十歳になっていた。青草の匂いをいっぱいに吸い込んで、両腕を広げる。太陽の光を千々に照り返す渡良瀬《わたらせ》川を前に、範頼は馬を輪乗りした。

下野国に辿り着いて四年が経つ。この四年で大地の大きさにも慣れた気がしていたが、こうして馬を走らせれば、それが勘違いであったことを容易く突き付けられる。小山家が本貫とする寒河御厨《さむかわのみくりや》（現在の栃木県小山市）から、南西に三十二里（約十六キロメートル）。駆けるほどに、遥かな地平線が遠ざかっていくようにも感じられた。

「この四年で、手綱さばきは上達されたようですね」

近づいてくる馬蹄の主は、元服し朝政《ともまさ》と名を改めた小四郎のものだった。出会った時と同じく、範頼に向ける視線には刺々しいものが含まれているが、この四年でその種類は幾分か変わったように思う。

「四年という月日は長い。馬に乗れなかった俺が、馬上で弓を扱うこともできるようになった」

「それは、六郎殿の血であれば当然のことでしょう。叔父上は、あの清盛すら恐れさせた鎮西八郎殿《ちんぜいはちろう》です。東夷《あずまえびす》と恐れられる坂東の武士の中でも、六郎殿の弓勢《ゆんぜい》は頭抜けている」

「血は種のようなものだ。それをどう育てるかは、自分次第さ」

「なれば、その女性狂いも、父譲りの種を開花させたということですね？」

呆れるような瞳を向けてきた朝政が口を開く前に、範頼は肩を竦めた。

「俺が言いたかったことは違う。この四年という月日、清盛が強く推し進めた宋との交易は、平氏をこの国で最も富める一族にした。今の平氏に打ち勝つなど、夢であろうという話だ」

武士として史上初めて太政大臣となり、位人臣を極めた平清盛は、朝廷の要職を一門で独占している。京から伝わる風聞によれば、清盛の娘が高倉《たかくら》帝の大内裏《だいだいり》に入内《じゅだい》するとも言われていた。平氏が王家の外戚ともなれば、同じく王家から枝分かれした源氏といえども、その権威の差は歴然となる。

権威だけではない。平氏は全土から優秀な細工（技術者）を京の七条以南に招聘し、その興隆はかつてないほどだという。交易による財と、王家による権威、そして人の技を統《す》べる清盛の政策は見事としか言えなかった。

「史は繰り返す。四年前の六郎殿の言葉は間違いであったと認められるのですね？」

嘲るような朝政を一瞥し、範頼は鼻を鳴らした。

まだ、朝政の目は甘い。いかに清盛が優れていようと、平氏が王家と交わるということは、それまで武士であった平氏が、武士でなくなるということなのだ。

武士が望む棟梁自ら、武士を裏切ればどうなるのか。

だが、それを口にする気はなかった。

「朝政、やはり遠乗りは心地よいな」

「六郎殿の心地をよくするために、ここまで来たわけではありません」

舌打ちを堪えるように、朝政が頬を小さく動かした。かつて範頼が一族に仇なすかもしれぬと白刃を向けた童も、冷静さを大きくは崩さぬ大人へと成長している。

この四年、朝政は範頼が毒にも薬にもならぬことを間近で見てきたはずだ。

小山家に与えられた寒河御厨の館で、日が高くなるまでうつらうつらと鼾をたててきた。起きても鍬《くわ》を握るわけでもなければ、書をとるわけでもない。そうして夜、涼しくなれば見初《みそ》めた女子《おなご》の館へと消えていく。

一度、国衙庁の有力者の娘に手を出した時、その父に刀で追い立てられたこともある。朝政の父政光のとりなしで事なきを得たが、それ以来、範頼は間抜けな男として下野中に広まっていった。

来たばかりの頃は源氏の貴種と、恭《うやうや》しく接していた民も、今では範頼を見かければ苦笑し、片手を挙げる。範頼もそれが不快ではなかった。寒河御厨の童たちも知らぬ名はなく、範頼が川岸に姿を見せれば、駆けるように集まってくる。

下野の武士たちの目には、何の野心も持たずのうのうと日々を過ごしているだけの男に見えているはずだ。

朝政が嘆息した。

「気が済んだようでしたら、帰りましょう。古河の原野で、私がやるべきことはありません。こうして無為の時を過ごす間にも、寒河御厨での私が裁かねばならないことは増えていくのです」

「何を言っている。俺は、二日ほどはここにいるぞ」

絶句した朝政が、息を二度吐き出した。

「無理なことを。左様なこと、父が許しませぬ」

「帰って俺が見たことを言えば、許すさ」

苛立ちと焦りを滲ませる朝政を無視して、範頼は一日かけて周辺の山野に馬を駆けさせた。

寒河御厨へ戻ったのは、それからさらに二日経ってからだった。

武士が死のうが、生きようが知ったことではないが、苦のない今の暮らしが取り上げられることは困る。

四年前は孤独さえ感じた広大な原野も、今では故郷と呼べるものになっていた。野を行けば鹿が遠くを駆け、空を鷹が舞う。池田宿の代わり映えしない板塀と比べれば、天地の差があった。

範頼を警戒し、常に傍を離れず付き従ってきた朝政は、それまで友と呼べる者がいなかった範頼にとって、親しみさえ感じる男になっていた。野を駆ければ、渋々ではあったが朝政が焚火を熾《おこ》し、仕留めた雉《きじ》の鍋を共に食べた。弓箭《きゅうせん》を範頼が教わり、代わりに書を教えた。

弟がいれば、こういうものなのかと、焚火の傍で寝る無邪気な朝政の顔に、幾度もそう思った。

「お前はそうではないかもしれぬが」

苦笑し、範頼は下馬した。

範頼の父源義朝が平治の乱で死んで以来、坂東には武士を束ねる棟梁と呼ぶべき者がいない。千葉や上総の一族間での争いは今なお続き、諸国での小競り合いは数え切れないほどだった。

平氏も、一族や有力な家人を京下りの武士として遣わしているが、平清盛の三男平知盛《とももり》が受領《ずりよう》を務める武蔵国《むさしのくに》（現在の東京都、神奈川県の一部、埼玉県）を除いて、戦の気配は日に日に濃くなっていた。

京下りの武士では、兵乱を治めることが叶わぬ。そう断じた平氏は、従順さと力を併せ持つ在地の武士に諸国を総攬《そうらん》させることを決め、台頭してきたのが常陸の佐竹と上野の新田だった。中でも佐竹氏を率いる佐竹隆義《たかよし》とその嫡子政義《まさよし》は領土拡大の野心が強い武士であり、小山家とも隣接した勢力である。

「平氏が鎮めるのが先か、坂東の武士が滅ぶのが先か。それとも――」

どこか他人事のように見ていた範頼だったが、佐竹政義に南下の気配があると耳にして、渋る朝政を連れ出した形だった。

何より、伊豆にいる一人の武士の動静を、報《しら》せてきた者がいた。

「さて、小山の古狸殿は、何を考えておられるやら」

呟き、範頼もまた朝政を追うように館へ入った。

板間の中央にある地火炉《じかろ》（囲炉裏）を挟むようにして、小山父子が茵《しとね》の上に胡座していた。範頼の姿を見て、二人が軽く頭を下げた。

「六郎殿、心行くまで駆けられましたかのう?」

白いものが混じった眉を動かし、政光がのんびりと声を響かせた。

四年前、範頼を寒河御厨に迎え入れると決めた小山家の当主である。桓武《かんむ》平氏や清和《せいわ》源氏と並ぶ、藤原秀郷《ひでさと》の流れを汲む武門であり、義朝を失った坂東にあっていち早く平氏へ伺候した武士でもあった。

用意された茵の上に座り、範頼は政光に身体を向けた。

「久方ぶりの遠駆けで、尻の皮が痛くなりました」

「それは武門としては心もとない。さらに精進されませぬと」

にこやかに笑う政光の瞳には、範頼を測ろうという光がある。

この四年間、誰にも憚らず、寒河御厨で怠惰な暮らしを貫いてきた範頼が、なぜ政光に許可を受ける形で遠駆けなどをしたのか。

平氏の庇護下にありながら、平然と源氏の血筋を受け入れる男だ。その清濁併せ呑む器量は、だがあくまで小山家にとって利するかどうかに拠っている。能の無い傀儡《くぐつ》と思っていたからこそ、この四年、政光は範頼を好きにさせてきたし、範頼もまたそう振舞ってきた。

朝政が立ち上がろうとして、政光が制した。

「小四郎、お前もここに残れ」

政光の身体の右には太刀が置かれている。遮る者すべてを殺してきた得物こそ、政光が坂東の武士である証だった。

「されど」

声を上げた朝政の方は見なかった。立ち上がりかけた朝政が、腰を下ろしたようだった。

政光が笑みを浮かべながら、再びこちらを見た。

「古河まで、駆けられたそうですな」

政光の瞳が、理由を説明しろと言っていた。下野にあって、小山大掾《だいじょう》政光の問いを無視できる者はいない。空気の重さを肩に感じながら、範頼は頷いた。

「常陸の喧騒がこの先どれほど続くか、考えていました」

「もしも下野に足を踏み入れてくれれば、佐竹など外の海（鹿島灘）を二度と拝ませはせぬ」

「佐竹隆義は下総、上総の平氏一門である岩瀬《いわせ》、片岡《かたおか》を傘下に引き入れ、今や常陸で並ぶ者なき権勢を手にしています」

「儂が苦戦すると？」

「下野の足利、上野の新田もまた佐竹に歩をあわせましょう。大掾殿が一人抗《あらが》ったところで、瞬く間に寒河御厨は蹂躙されます」

朝政が目を見開くのが分かった。政光の拳が開かれ、今にも身体の右に置かれている太刀へと動きそうに感じる。

この四年、これほどまで政光にはっきりと物を言ったことは無かった。そもそも、己の言葉を話すことも無かったのだ。政光の瞳には、怒りと困惑が入り混じっている。

「父義朝が討たれてから、十一年。生まれた池田宿を出てから十年。ずっと考えてきました」

「何をですかな?」

政光の腹に響くような声だった。

「なぜ、俺は追われ隠れているのか。いかなるものに追われているのか。追いつかれてしまえばどうなるのか」

「答えは、出ましたかな?」

「いまだ……」

そう告げ、首を振った。

「平氏に敗れた義朝の子ゆえ。武士ゆえ。理由はいくらでも思いつきますが」

向かい合う政光の瞳が、すっと細くなった。

「儂には、それこそが答えのように思いますがのう。蛙の子が蛙であることと同様、武士の子は武士にございます。そして、六郎殿は王家の血筋を引き、それは武士の棟梁と全土の武士が認めるものでもある」

政光の言葉に、範頼は短く息を吐いた。

「大掾殿ら坂東の武士は、かつて棟梁としての源義朝を求めた」

「左様。一時は、殿の下で坂東は平穏に包まれました。したが、義朝殿が平氏に討たれると、坂東には再び擾乱《じょうらん》が起きた。ゆえに、我らは新たな棟梁を、勝利した平氏に求めました」

「棟梁であることを平氏に求めながら、俺を受け入れたのは何故です」

「義朝殿への義ゆえ」

政光がそのような殊勝な言葉を心から口にするとは思えなかった。自身でも口にした言葉が辛いと思ったのか、傲岸な顔に苦笑が滲んでいる。

「戯言《ざれごと》を申した。が、答える前に、一つ聞いてもよいですかな。儂に真意を口にさせるということは、六郎殿の道を定めることにもなりかねない。この四年、気ままに暮らしてこられたお方が、何故今、声を上げられたのか」

政光のその言葉には、純粋な興味があった。

「俺は俺が武士とは、思っていない。しかし、坂東の武士から見れば、間違いなく義朝の血を引く武士。平氏の世に翳りが差せば、否応なく俺は担ぎ上げられることになりましょう」

「栄誉なことではありませぬか」

「誰かに与えられた名を名乗って生きることは、俺には耐えられない。源範頼を名乗るということは、俺にとってそういうことなのです」

小山政光の望みは、世が再び源氏の棟梁を求めた時、小山家が範頼を担ぎ上げることだろう。それができれば、坂東の中で小山家の地位は盤石のものになる。平氏の世が続けば、気ままなうつけ者が視界に入ることさえ我慢していればいい。

小山家が存続するための道を模索することが、武家の当主の務めであることを考えれば当然のことだった。

政光にとって、範頼が優れている必要はない。なまじ優れていれば、小山家が呑み込まれることを恐れなければならない。政光にとっては、範頼は愚かなぐらいが丁度いいはずだ。

息を吐き出し、範頼は朝政をちらりと見た。

自分を警戒し、出会った時は殺そうと刀を向けてきた男だ。だが、四年傍で暮らすうち、死なせたくないという思いが湧いてきたことは隠せない事実だった。父も母も、顔を知る兄弟もいない。天涯孤独を感じながら下野に辿り着いた範頼にとって、初めて自分の何かを分け与えることができた相手だった。

このままでは、坂東はさらに荒れる――。

見えてしまった先の世の擾乱に、なぜか身体が動いていた。

「なぜ、今なのか。その答えは、大掾殿も感じておられるこの国の動乱を見てしまったがゆえです」

「佐竹など」

「違う」

政光の言葉を遮り、範頼は首を振った。朝政が喉を鳴らし、政光の瞳が鋭く光った。

「平清盛の娘の入内が、京では囁かれているそうですね」

藤原範季から届いた報せだった。範頼を下野に送り込んだ男は、一月に一度、必ず京の動静を知らせてくる。己の意見などはない。ただ、あるがままを記し、あとはお前で考えよと言わんばかりの書簡だ。

範季が書簡を送り続けている理由は知らないが、先の書簡が、四年の無聊《ぶりょう》を託《かこ》っていた範頼を動かしたことは間違いない。

「武士の棟梁とは、全土の武士を庇護する存在だ。坂東の武士は、坂東に生きている。坂東で生きるために、庇護を求めている。だが、それは誰を敵と見据えた庇護なのか」

問いかけた範頼に気圧されるように、政光が固唾を呑んだ。

「寸土を争う武士との絶え間ない戦からの庇護。それもまたあるでしょう。しかし、大掾殿。そなたは知っているはずだ。絶え間ない戦が、なぜ起きるのか。その因《もと》からの庇護を、そなたらは求めている」

政光の眉間に、深い皺が刻まれている。それこそが、在地の武家の当主として、政光が苦しんできたことのはずだった。

「朝廷の政《まつりごと》は、坂東に平穏をもたらすべく行われるわけではない」

「ほう？」

「朝廷の政とは、朝廷という閉ざされた場所での政争だ。そしてそれは、畿内、ひいては京の平穏のみを望んでいる」

「かもしれませぬな」

政光の頷きに、範頼も小さく頷いた。

「朝廷の守護者として生まれた武士は、全土に散り、そして朝廷の意志を遂行する者として生きてきた」

だが――。

「時が下るほど、その地で生きる武士は朝廷の手から離れていった。武士は自らの血をかけて領土を拓いてきた。今や、武士には、その力は自ら手にしたものだという誇りがある」

小山家もまた、自らの実力で下野最大の武士団へと成長した一族だ。政光の瞳の奥にも、自ら力を手にしてきたという自負の光があった。

武士のその自負が、範頼を動かしたといってもいい。

「されど、朝廷はいまだ武士が隷属すべき者であると思い、武士が望まぬ政をなす。その政が、在地の武士の争いを生もうと、彼らにとっては遠い地の物語にすぎない」

「ゆえに、我らが武士の棟梁を求めると？」

その言葉を肯定すれば、朝廷への反骨を認めるも同然だが、政光がそれを否定できないことも分かっていた。

武士が武を司る者であることは、武を行使して守るべき朝廷や王家が在るからこそ認められる。だが、その朝廷や王家の政が、多くの武士を殺してきた。長く下野を束ね、保元の乱から続く戦乱を見てきた政光は、誰よりも知っているのだ。

「棟梁を求め朝廷に並ぼうとする武士の性《さが》は、もはや誰にも否定できないものです。それを阻止できるだけの力を、朝廷も持ってはいない」

声を、低く落とした。

「だが、平氏が王家と交われば、彼らは唯一武士を殺しうる朝廷となる。朝廷に牙を剝く武士を、平氏がいかに裁くかは火を見るより明らかでしょう」

「六郎殿は、入内が決まったことで、平氏が武士の棟梁でなくなると言いたいのか」

「少なくとも、坂東の武士が望むものではないでしょう」

唸り声を上げる政光に、範頼は拳を握った。

平氏が武士の棟梁として続くのであれば、それでよかった。平氏の名の下、坂東が鎮まるのであれば――。


「古河に砦を築くべきです。渡良瀬川上流には、堰堤《えんてい》を」

息を吐き出した。

「佐竹に備えるためではない。いずれ来る坂東の擾乱に備えたものを。坂東の武士を束ねる者が誰になるかは分かりませんが――」

「伊豆にいる六郎殿の兄かな?」

遮った政光に、範頼は肩を竦めた。

「血で言えばそうなるかもしれません。現に、伊豆の兄の下には、武蔵や上総の武士が出入りしているとも言います。しかし、それはまだ分からぬことです。確かなことは、いずれ誰かが坂東の武士を束ねるとしても、小山家は情勢を窺うための時を稼がねばならないことでしょう」

古河へ遠駆けしたのは、常陸から迫る佐竹家や中郡《なかごおり》家の大軍を防ぎうるかを確かめるためだった。

現状、小山家は平氏側に立ちすぎている。もしも源頼朝が起ち、坂東を制するほどの勢いを見せるのであれば、その傘下に入るべきだろう。だが、伊豆と下野が離れている以上、頼朝に合流するまでは、独力で他の勢力の攻勢を防ぐ必要がある。

政光の頭には、範頼を旗印とする考えもあったはずだが、源範頼として武士を背負う意味を見出せない以上、その役を受ける気はなかった。

「慧眼じゃな」

不意に、政光が肩の力を抜いた。

「源範頼を名乗る気が無いと言いながら、今の六郎殿の言葉は、武士である小山家を背負う者の言葉だった。儂は、それこそが棟梁たる資質と思うが」

疲れたような表情で地火炉に燃える炭に手をかざし、政光が呟いた。範頼は苦笑し、肩を竦めた。

「武士としてではなく、人として思ったことを口にしただけです」

そう言うと、朝政へ視線を向けた。呆気にとられたようにこちらを見ている朝政が、肩を震わせた。

「朝政」

「はっ」

「四年前、刀を向けたお前に、小山家を害する気はないと俺は言ったな」

その瞬間、朝政の顔が青ざめ、政光の顔が赤く染まった。

「小四郎――」

「大掾殿」

首を振り、範頼は落ち着くようにと微笑んだ。

「俺は生まれてからずっと池田宿の狭い部屋の中で、決して越えられない板塀を前に生きてきた。父の顔は知らず、何のために生きているかも分からなかった。守るべきものなど、何もなかった。だからこそ、下野に足を踏み入れた時、出会った朝政が、童ながら家を背負う姿に圧倒された」

「御無礼を」

「気にしておらぬ。どころか、朝政の姿は、武士とは何かと考えるきっかけになった。俺がいったい何者なのかと。まだ答えは見つかってはおらぬが」

そう区切り、範頼は立ち上がった。

「ゆえにな、大掾殿。武士の棟梁などというのは御免蒙るが、友が生き延びるためであれば、少しばかり知恵を働かせてもいい。そう思っただけだ」

歩き出した時、背後から政光の声が追ってきた。

「古河には、下河辺《しもこうべ》父子を送りましょう」

その名が出てくるということは、政光も同じことを考えていたのだろう。畿内の源氏とも繋がりを持つ下河辺家であれば、周囲の武士たちからも容易に攻められることはない。

頭を下げ、範頼は小山家の館を出た。

三

古河からの急使が飛び込んできたのは、梅雨が明けた日の夜遅くだった。

久方ぶりの青天に、小山政光は兵を連れて領内の巡視に出ている。寒河御厨の館に残っていた朝政からの報せで、範頼は埃まみれの刀を腰に差し、夜陰に馬を駆けさせていた。

時機を捉えた賊を褒めるべきなのか。忌々しさが込み上げ、範頼は歯を食い縛った。

動揺する朝政の様が伝わってくる報せに、慌てて館を飛び出してきたが、晴れ渡る夜空を見上げると、自分が愚かな行動をとっているのではないかと思えてきた。このまま小山家の館に向かえば、自分も一連の事態に巻き込まれることになる。

この手で人を殺すことになるかもしれない。

手綱から伝わる振動に口を結び、範頼は息を吐き出した。小山家を守るためであれば、少しばかり知恵を出してもいい。かつてそう言ったのは自分自身だ。そして朝政の動揺に館を飛び出してしまったということは、自分が朝政をかけがえのないものに思っているという証だろう。

身体を伏せると、馬足がさらに上がった。

ひときわ巨大な館の周囲に、二十を超える篝火《かがりび》が焚かれていた。朝政の指示なのかは分からないが、相当焦っていることだけは伝わってくる。大手門の前で馬から飛び降りると、顔なじみの門衛《もんえい》に顔を見せ、範頼は館の中へと入った。

朝政は地火炉の前で腕を組んでいた。

「六郎殿」

見上げる朝政の顔には、なぜお前がいるのだという驚きが滲んでいる。呼び出したのはお前だろうとも思ったが、これまで小山家の戦に関わってこなかった範頼が来るとも思ってはいなかったのだろう。

「古河の下河辺行平《ゆきひら》が攻められたと聞いた」

範頼の言葉に、朝政が肩を震わせた。どうすべきか見失っている。青白い朝政の顔に、範頼は地火炉を挟んで座り込んだ。

「現れた賊は三百ほど。古河の青田を刈り、砦を守っていた行平を誘《おび》き出《だ》したところで、遊軍が砦を攻めたと」

「行平は？」

「砦の異変に気付き、陥落間際のところで砦へと駆け戻ったようです」

若い行平が、まだ実をつけぬ稲を刈り取られて怒り狂う様も、短慮のままに砦を飛び出し、慌てて戻る様も容易に想像できた。思慮深い朝政の従弟とは思えぬほど、猪突猛進の気質を持っている。

「大掾殿は戻られぬか？」

「使いを駆けさせていますが、すぐに戻れるかは」

「母君は？」

当主が不在の時は、その妻が家の指揮を執ることが習わしとなっている。朝政が首を横に振った。

「先日来の熱病によって伏せっておられます」

「であれば、いま寒河御厨の指揮はお前が執らねばならぬということだな」

確認するように言った言葉に、朝政の瞳が見開かれた。

「左様なことは分かっております。ゆえに報せを集めております」

「遅いな」

断ずるように、範頼は言った。

「古河の砦は未だ造営の半ば。当主の不在で、そこに拠る兵も百に満たない。手をこまねけば、行平は賊に嬲《なぶ》り殺されるぞ」

「行平は左様に軟弱な男ではございませぬ」

「武士としてはな」

古河の砦の造営を担っている下河辺行平は、朝政の従弟に当たる。その武勇は坂東武士の中でも抜きんでたものであることは間違いないが、あくまで一対一の武士同士の戦であればだ。しきたりなどとは無縁の賊に大勢で囲まれれば、なす術もない。そして、賊の戦い方にあわせることを潔しとしない武士でもあった。

「朝政、今すぐに動かすことのできる兵は?」

問い詰めるような言葉に、朝政が目を細める。

「五十騎ほど」

「すぐに出陣の支度をさせろ」

「六郎殿、私は」

「朝政」

迷う朝政の瞳を、範頼は真っすぐに見据えた。

「今、お前が決断すれば兵を失わずに勝つことができる」

「何を言っておられるのです」

朝政が気づいていないのはしょうがないことだろう。小山大掾政光の嫡子であり、下野の武士を象徴する武士なのだ。青天の下、正々堂々戦うことを、骨の髄まで染み込ませている。

「夜が明ければ、砦内部の状況が賊に筒抜けになる。夜陰に紛れ、五十騎で賊を蹴散らす。賊は小山家の武士が来るのは日が明けてからと思っているはずだ」

「夜襲など――」

「日が昇れば、行平は死ぬぞ」

時が勝負だ。今すぐに、決断しろ。そう込めた言葉に、朝政が一度目を閉じ、開いた。

「何故、六郎殿がかような策を?」

「古河に砦を造営することを提言したのは俺だ。何より、ここで賊に砦を奪われれば、下野における小山家の威容が失われる」

武士とは、力を持つ者のことなのだ。弱みを見せれば、武士であり続けることはできない。

「それに、行平は友だ。死なせたくはない。そう思っただけだ」

友のため。そう言い放った範頼の言葉に、朝政が歯を食い縛った。

「勝てますか?」

「お前がそう信じれば」

「六郎殿は」

「俺も行く。大軍に見せかけるには、一騎でも多いほうがいい」

その方が殺さずに済む可能性も上がるとは言わなかった。

長く、息を吐き出した朝政が頷いた。

「四半刻のうちに、出陣します」


俄かに活気づいた寒河御厨から、五十余騎の武士が出陣した。時が命であることを徹底させた。防備は、腹当《はらあて》だけ。闇に紛れるよう、直垂も黒色のものを身につけさせた。

渡良瀬川を迂回して駆けた範頼は、古河の砦まで二里（約一キロメートル）まで近づいた場所で兵を止めた。十騎、下馬させると範頼は十人に川沿いを進むようにと命じた。

「朝政、俺も川沿いを進む」

「危険です」

馬上で眉を顰《ひそ》めた朝政に、範頼は速く行けと首を振った。

「ただ声を上げるだけだ」

「されど、六郎殿の身に何かあれば、私は父に斬られます」

「何も無いよう、うまくやってくれ」

なお口を開こうとする朝政に背を向けると、範頼は十人を率いて駆け出した。背後、決心したように馬蹄が響き始めた。

梅雨の雨によって渡良瀬川の流れはいつもよりも速いが、本来であればもっと増水しているはずだ。しかし、上流の堰堤によって水の勢いは弱くなっている。それでも、足音を隠すには十分だった。

古河の砦と、それを囲むように布陣する賊が見えてきたのは、夜明けまで半刻ほどという時だった。どうにか間に合った。渇いた喉を、竹筒に入った水で潤した。

二人、渡良瀬川の中から川に面する古河の砦へと向かわせた。逃げ出すならば逃げればいいと思っているのか、川側に賊の人影はない。

暫くすると、砦の上に焚かれていた篝火が次々に消え始めた。どうやら、無事に砦の中に届いたようだった。

闇夜、賊の焚く四つの篝火だけが残った。

息を殺して待つ範頼の耳に、遠くから馬蹄が響き始める。朝政率いる四十騎だ。賊の中に動揺が生まれるのを感じた。地面が小刻みに震えている。そう感じた瞬間、四つの篝火が弾けるように飛び散った。宙を舞い、濡れた地面に落ちる。

慌てて篝火を取り上げようとした人影が、矢に射られ、地面に倒れた。篝火の火が消え、闇が世界を支配した瞬間、風が唸りをあげた。

小山朝政率いる四十騎の騎射と、示し合わせたように砦から放たれる矢に、賊の悲痛な叫びが響き渡る。飛び出そうとする十人を抑え、範頼は目を細めた。

朝政率いる四十騎が、離れていく。

その瞬間、範頼は三百の賊の中へと駆けこんでいった。

「小山家の朝政だ。五百の兵を率いている。今のは斥候隊だ。刀を置いて逃げろ」

範頼と同様、十人が散り散りに駆け回り、そう叫んでいる。範頼は寝ていた者を叩き起こし、逃げろと耳元で怒鳴りたてた。一人が逃げ始めれば、そこに続く。困惑した瞳の男に、傍に横たわる賊の骸《むくろ》を指さした。

短い悲鳴を上げ、男が背を向けた。

「待て」

不意に響いたのは、背後、沈むような声だった。古河の砦を背にして、壮年の男が一人、刀を引っさげて範頼を睨みつけている。

「知らぬ顔だな」

賊を率いる者なのか。混乱の中、慌てていない。にじり寄ってくる男に、範頼は唾を呑み込んだ。斬るか。この男を殺すかという自問は、自分に人が殺せるかという問いかけでもある。

だが、ここで殺さねば行平が殺されることになる。寡兵《かへい》が知られれば、朝政も危ない。

男の強い体臭が近づいてくる。

「お前、小山の兵だな？」

にやりとした男が刀を振り上げた。殺さねば、殺される。範頼が柄を握った刹那、空気が漏れるような音が聞こえた。下卑た笑みを浮かべたまま、男の顔がずれていく。

頭を失った首から血が溢れ出し、そしてその向こう側から、新たな人影が現れた。

「なぜ、六郎殿が？」

下河辺行平の血塗れの顔だった。

「お前が危ないと聞いて。朝政も来ている」

そう言い放つと、範頼は右往左往する賊に向かって、頭目《とうもく》が死んだことを告げた。駆け戻ってくる朝政の馬蹄に、それまで踏みとどまっていた賊も我先にと逃げ出し始めた。

味方の犠牲は、一人もいなかった。賊の中に駆け込んだ十人のうち、二人が足にけがを負っていたが、命にかかわるほどではない。賊も、朝政による騎射で負傷した者は多そうだったが、戦場に残っている骸は二十ほどだった。

彼我《ひが》の戦力差を考えれば、完勝といっていい。

夜明けの砦の上で、範頼は敵を検分する朝政や行平を眺めながら、ゆっくりと息を吐き出した。

賊から、友を守ることはできた。

小山政光に、友が生き延びるためであれば少しばかり知恵を働かせてもいいと言ったのは自分自身だ。六郎としての己の言葉を守ることはできた。

昇る朝陽に、範頼はそう感じた。

第二章　鎌倉の主

一

治承四年（一一八〇）九月――。

風神が舞い降りたがごとき暴風が、坂東を包んでいた。吹きすさぶ横殴りの雨を避けるように、範頼は寒河御厨に与えられた館の中で、暗い天井を睨みつけていた。

目の前に岐路がある。範頼の瞳には、二つに分かれた道がはっきりと見えていた。

木戸が大きく揺れ、館全体を揺らしているようにも思う。

朝政が訪ねてきたのは、夜更けのことだった。供を一人連れていた。

「相も変わらず、人気のない館ですね」

声は、下河辺行平のものだ。この雨の中、古河から駆けてきたのだろう。濡れそぼった直垂を脱ぎ、地火炉の炭に火を入れている。弾けるような音が鳴り始め、ほのかに室内が温かくなり始めた頃、行平が人心地ついたように息を吐き出した。

「六郎殿、少しは人らしい暮らしをされませぬと」

律儀が衣を着ているような朝政と比べて、行平は野性を剝き出しにしている。従兄弟同士のはずだが、対照的な二人だった。常に冷静さを失うことのない朝政と、下総一の弓取りと自称する行平の二人は、九年前、政光と会談してから常に範頼の傍にいた。

小山家の当主政光がそう厳命し、二人が傅《かしず》くことによって、下野での範頼の立場は衆目が認めるところとなった。

「お前たちのせいで、俺は息苦しさを感じているのだ」

「何を申されます。この下野で六郎殿ほど自由に生きておられる方はおりませんよ」

苦笑する行平が、両腕を伸ばして顔を歪めた。その向かいに座る朝政はまだ一言も発していない。顔に浮かぶ苦渋を見れば、難題を持ってきたのであろうことは分かった。

朝政も行平も二十六歳になっているはずだ。範頼より、三歳ほど若い。それぞれが小山家と下河辺家を率いる立場となり、その経験も積んできた。父政光が在京している今、母である寒河尼《さむかわに》の強い意向が一族を動かすとしても、最終的な断を下すのは朝政自身だ。

腕を組み、天井を見上げる朝政に、範頼は口を開いた。

「平氏は、強大になりすぎたな」

朝政が目を閉じ、黙然と頷いた。

この十年、一族の入内など、王家と交わってきた平氏の棟梁平清盛だったが、交易がもたらす富は王家を遥かに超え、大陸の皇帝からさえ日本の王と呼ばれていた。

武士は王家のために死すべき者。そう考える後白河院との齟齬《そご》は日に日に大きくなり、ついに治承三年（一一七九）十一月、平氏を軽んじた除目《じもく》（官位任命）に激怒した清盛と後白河院が激しく衝突することになった。

公卿となったといえども清盛は歴戦の武士である。

熾烈な政争の結果、敗れた院は田中殿御所に幽閉され、長く続いた院政が停止した。朝廷から反平氏を謳う者が一掃された結果、平氏が日本六十六か国のうち三十二か国の知行主となり、平清盛は名実ともに王者としての力を手に入れていた。

清盛が白と言えば黒も白となる。その様はまるで馬を鹿と言いくるめた秦《しん》の趙高《ちょうこう》のごときもので、このままでは連綿と続く王家の幹が絶える。そう恐れた後白河院の第二皇子以仁《もちひと》王が、打倒平氏を叫び、全土の源氏へと挙兵の令旨《りょうじ》（皇子が出す文書）を下していた。

それこそが、坂東を覆う風神の正体だった。

当初、京の趨勢を見極めようと、以仁王の令旨を受け取った者たちも日和見を決め込んでいたが、以仁王が戦死し、平氏が諸国の源氏追討を決めたという報せが流れるに至って、各地で源氏諸流の者たちが慌てたように挙兵していた。

鎌倉の源頼朝、常陸国の志田義広《しだよしひろ》、甲斐国（現在の山梨県）の武田信義《たけだのぶよし》、信濃国《しなののくに》（現在の長野県）の木曾義仲《きそよしなか》。いずれも源氏の一門であり、それぞれ武士の棟梁たる資質を持っている。

「小山家にとっては、苦しい情勢となったな」

苦しいという言葉では生ぬるい。平氏の傘下である小山家は、今なお当主である政光が在京している。挙兵した四人のうち、源頼朝、志田義広の勢力は小山家が本貫とする下野国と隣接しており、双方から参陣を求める使者が届いていた。

無援の下野国で、平氏側に立つということは、まさに滅びを意味している。だが、たとえ源氏方についたとしても、強大な平氏に勝利する保証など、どこにもないのだ。

短く息を吐き出し、範頼は炭の上に手をかざした。

「大掾殿は何と？」

「父は京を離れられぬようです」

朝政が目を開き、まっすぐ範頼へと視線を向けてきた。

「去る五日には、頼朝追討の宣旨《せんじ》が下されました」

「朝廷は、兄上を謀叛の首魁《しゅかい》と見ているのか」

「かつて京を揺るがした義朝殿の後嗣です。信濃の木曾や、甲斐の武田などより、公家にとって恐ろしい名でしょう」

「母君は、何と申されておる？」

朝政の母寒河尼は京にいた頃、頼朝の乳母であった経歴がある。範頼の言葉に、朝政がわずかに目を伏せた。

「六郎殿に聞けと」

窺うような朝政の視線に、範頼は天井を見上げて冷たい息を吐き出した。

これこそ、在地の武士の強《したた》かさだった。朝政の母が、範頼に判断を委《ゆだ》ねてきたのは、頼朝の弟であり、範頼自身源氏の貴種であるからだろう。現状、源氏の勢力下に入ることは小山家にとって必要なことである。だが、小山一族を挙げて源氏に与《くみ》すれば、源氏が敗北した時、小山家は下野国から排除されることになる。

寒河尼、そしておそらく当主政光の思惑は、範頼が小山家を後ろ盾として源氏のいずれかの勢力に合流することだ。供は朝政と、行平。目の前の二人になるのか。源氏が優勢になれば一族を挙げて与《くみ》し、劣勢になれば範頼と最小限の一族を切り捨てればいいと思っているはずだ。

「小山家が生き延びるために、知恵を働かせてもいいとは言ったが――」

こめかみを掻き、範頼は先ほどから黙している行平へと視線を向けた。

「行平、お前はいかにすべきと思う」

猛々しい表情で、行平が頷いた。

「俺は六郎殿の背を守るだけです」

それは行平の口癖だった。九年前、古河に築いた砦は、以来下河辺父子が手勢を率いて守ってきた。佐竹との小競り合いが起きたことは無かったが、街道の要衝であるため、度々賊の襲撃を受けてきた。

一度、行平が劣勢に立ち、砦を奪われたことがある。行平の父が不在の時だ。その折、寒河御厨から出陣した朝政麾下五十騎を率いたのが範頼だった。それ以来、行平は誰よりも従順な僕となっていた。

「朝政、お前は」

「常陸の志田は、俄かに兵を募り、下野侵攻の気配を見せています。私は武門の子です。

脅されるような形で屈することは肯《がえ》んじがたい。しかし――」

朝政の歯切れは悪い。

頼朝か義広か、それとも源氏追討を命じられた平氏が勝利してゆくのか。朝政の苦衷《くちゅう》は手に取るように分かった。朝政自身は、鎌倉の頼朝に勢いを感じているはずだ。平氏方の朝政にそう思わせるほど、頼朝の戦は神がかっていた。

だが頼朝の下に参じれば、在京している父政光がどうなるのかを、朝政は案じている。そして、朝政は源範頼という武士が戦乱の中心に巻き込まれることになることも、案じている。

ともに過ごして十三年になる。

敵意を剝き出しに刀を向けてきた童が、自分の身を案じていると思うと、苦境にもかかわらず愉快な気持ちが湧いてきた。

肩を竦めた。

「兄上を見に行くか」

朝政が顔を上げた。

「兄上の下に参じれば、俺が気ままに過ごすことも難しくなる。お前は、それを案じているのだろうが」

「六郎殿の怠惰な暮らしがどうなろうと知ったことではありませぬ」

不本意だと言わんばかりの表情に、範頼は苦笑した。

「敵を知り、己を知らねば進退は決められまい。鎌倉へ与することを決めるわけではない。この目で、源頼朝という男を確かめに行こうではないか」

源範頼という名を名乗る気は無かった。名乗らずに生きるためにも、敵を知る必要がある。それだけのことだと、範頼は朝政に微笑んだ。

二

白砂の浜に、風が吹いていた。

相模湾に面する由比ガ浜に並ぶ人影が三つ。真ん中に立つ男は、下野国に入って以来、十三年ぶりに見る光景に目を細めていた。左右に控える小山朝政と下河辺行平もまた、範頼が平氏の目を気にすることなく、相模国の地に立っていることに、感慨深げに腕を組んでいる。

砂の上を、横に進む小さな蟹が三匹。塊となって西へと進む。

「行くか」

そう言葉を発し、範頼は鈍色《にびいろ》の海から身を背けた。

陽が、大きく傾いている。

鎌倉は源氏由緒の地だった。

百三十余年前、奥羽《おうう》の覇権を懸けた阿部《あべ》氏と清原《きよはら》氏の争いを治め、関東一円に強大な勢力を築いた範頼の曾祖父源義家《よしいえ》が、館を構えていた。近いところでは父義朝の嫡男であり、平治の乱で処刑された源義平もまたここを本貫としていた。伊豆で挙兵した頼朝が、鎌倉を本貫と定めたことは当然のことでもあったが――。

「まさか、敗北から二月経たずして、この地に辿り着くとはな」

こぼした言葉に、朝政が小さく頷き、行平が唸りを上げげた。

山裾に建つ鶴岡八幡宮《つるがおかはちまんぐう》を基点として、鎌倉の街並みは南へと広がっている。削り出されたばかりの木の匂いが濃く漂う広壮な街並みを眺め、範頼は喉を小さく鳴らした。至る所から、木を打つ槌の音が響いている。

これは頼朝の運なのか。それとも武士たちの、驕る平氏への答えなのか。

頼朝の挙兵は燎原《りょうげん》の火のごとく広がり、その速さは、範頼の想像を遥かに超えていた。伊豆で挙兵した頼朝は、石橋山《いしばしやま》に押し寄せた大庭《おおば》景親《かげちか》の三千騎に、全滅に近い大敗を喫している。だが、石橋山の敗戦からわずか四十日の間に、安房国《あわのくに》（現在の千葉県南部）、上総国（現在の千葉県中部）、下総国（現在の千葉県北部）の有力な武士を従え、ついに万余の兵と共に鎌倉への入府を果たした。

「下総の千葉常胤や、上総の上総広常の参陣が大きかったな」

下総に所領を持つ行平が、首肯した。

「お二方とも、独力で万余の兵を動かしうる武士です」

「それほどの武士が何故、兄上についたのか」

「鎌倉殿（頼朝）のお人柄とも言われていますが」

「人柄だけで武士は動かぬ。そうであろう、朝政」

範頼を動かした父と母の老獪《ろうかい》さを知る朝政が、居心地悪そうに肩を竦めて苦笑した。

「武士は実利をとる生き物です。平治の乱以来、平氏の侍大将伊藤忠清《いとうただきよ》の手によって、坂東は締め上げられてきました。特に平氏によって任命された目代《もくだい》と、在地の武士との亀裂は、まことに深いもの」

徴収した税を京へ送る目代と、自らの権益を守ろうとする在地の武士の利は、長く対立してきた。西国で続いた夏の日照りによって、要求される税はかつてないほどに膨れ上がり、坂東の武士たちの不満が募っていたということだろう。

「平氏への不満は強いか」

「はい。王家を守護し、王家へ官物（年貢）を運ぶ使命を持つのが、我ら武士です。王家を救うならばいざ知らず、平氏の懐を潤すために、伝来の領士を命懸けで守っているわけではない。そう思う武士は多いはずです」

頼朝の謳う平氏打倒の言葉が、平氏の強硬な徴収に不満を抱いていた坂東武士と合致したということだ。だが、平氏への不満の先にあるものは、この国にさらなる戦禍をもたらすことにもなりかねないと範頼は思っていた。

頼朝が平氏を打倒したとして、平氏に代わって莫大な官物を要求するのは、王家となるだけなのだ。そうなった時、武士は、武士であることを認めてきた王家に刀を向けるのだろうか。王家を護る者が武士と呼ばれる者であるならば、王家と争う者は、果たして武士と呼べるのか。

武士の存在が、この国を大きく変えていくかもしれない。

〝勝つ者が現れねば人は滅びるぞ〟

かつて藤原範季は、武士が勝つとも、王家が勝つとも言いはしなかった。誰かが勝たねば人が滅びると、そう言った。源頼朝の挙兵に従った坂東の武士たちの姿は、範季の言う人の滅びへと繋がっていくのではないか。

懸念が顔に出たのか、二人が案じるように範頼の顔を覗き込んでいた。

「行こうか」

思考を振り払うように、範頼は寒村であった数カ月前の気配を残す街並みを、北へと歩いた。

今日、鎌倉へ来た目的は、頼朝の威勢を確かめるためだった。街中で流々とたなびく旗指物の群れを見れば、兄の勢力は手に取るように分かる。

「武蔵国の畠山《はたけやま》、河越《かわごえ》、江戸《えど》らも鎌倉に伺候しているようだな」

視界に入った真新しい館には、藍皮一文が押し付けられた白旗が揺れ、畠山重忠《しげただ》の住処であることが知れた。白旗では自分と同じになると、頼朝が藍皮一文を下したのだという。廏《うまや》の柱には毛並み豊かな猿が一匹、右手で頭を掻いて、にたりと笑っている。

畠山や河越らは、石橋山の戦いの折は平氏方に立ち、頼朝を苦しめた武士たちだ。中でもまだ二十歳を超えぬ畠山重忠は、源氏にあって重きをなしていた三《み》浦義明《うらよしあき》という老将を討っている。しかし、千葉や上総を従えた頼朝には抗えぬと降っていた。

「当初、鎌倉殿麾下の和田《わだ》殿などは認めなかったようですが」

「三浦殿は和田殿の祖父にもあたる」

「仇討ちは鎌倉殿によって止められたようですね」

「味方を討てるほどの余裕は、今の兄上には無い」

騒然とする鎌倉の街並みに、視線を送った。

去る九月、源頼朝追討の宣旨が下されている。畿内では平維盛《これもり》を大将軍とし、歴戦の伊藤忠清を軍師とする軍が編成された。維盛は平氏嫡流であり、各地の武士はその名に従わざるをえない。忠清もまた、保元の乱から続く戦に出陣し赫々《かくかく》たる武勲を挙げてきた武士だ。

討伐軍に懸ける平氏の想いが伝わってくるようだった。

「平氏の大軍が京を発したのが九月の終わりとすれば、すでに東海道も半ばまで来ているでしょうか？」

「そのつもりで、兄上は戦備えをしているのだろう」

「先陣を担うのは畠山ら新たに参陣した者たちになるのでしょうね」

「どうだろうな」

答えを濁し、範頼は唸った。

「鎌倉殿よりも力ある武士が多い」

上総広常や千葉常胤などは、頼朝がその他全ての武士を束ねたとしても勝てるか怪しい。

「その力を削ぐ必要があると？」

頷き、範頼は街へと目を向けた。ゆったりと歩く者はほとんどいない。多くが小走りに、何かに追い立てられるような表情をしていた。

以仁王の令旨を受けた源義朝の後嗣が、鎌倉を本貫として坂東を切り取ったという報せは、京を大きく揺るがしたという。五月の以仁王の挙兵と敗死に始まり、相次ぐ旱魃《かんばつ》、紀伊国《いのくに》の湛増《たんぞう》という男の謀叛、そして東海道に拠る源氏諸家の蜂起。それは、かつて平将門《まさかど》、藤原純友《すみとも》の二人によって引き起こされた、王家への反逆を想起させるほどのものだった。

在京する小山政光から送られてきた書簡には一門の存続を問う悲痛なものが滲み、そしてもう一人、範頼を坂東へ送り込んだ藤原範季からの書簡の文字には、事態を面白がるような空気が漂っていた。

平氏が勝つのか、源氏が勝つのか。だがそれは、武士の勝利なのか、公家の勝利なのか。

彼《か》は誰《たれ》か。誰《た》そ彼《かれ》か。

夜明けなのか、日暮れなのかと、そう結ばれた範季からの書簡は破り捨て、渡良瀬川の水面に流した。

範季が自分に求めたことは、時の流れを後押しすることだ。気づいているが、そのつもりはなかった。誰が勝利しようと、知ったことではなかった。ただ、自分の居場所さえ守ることができればそれでいい。

だからこそ、下野を脅かすかもしれぬ兄頼朝の姿を、この目で見に来たのだ。

「人は危急の時、真価を発する。俺たちが見るべきものは、平氏追討軍によって鎌倉が沈むのか、否か」

そう、口にした時――。

「六郎殿」

聞こえたのは、行平の低く、だが切迫した声だった。

さりげない包囲だ。だがそのさりげなさには熟達を感じる。刀は抜くなと朝政、行平に厳命し、行く足を速めた。人通りの少ない小路に足を踏み入れた時、背後から感じる気配がいきなり濃くなった。

正面に一人。目深にかぶる綾藺《あやい》笠《がさ》と、墨のように黒々とした直垂を身にまとう男が、どこからともなく現れた。遠巻きに範頼たちを囲んでいるであろう者たちの姿は見えない。

「遊客には見えぬ」

正面の男の囁くような声は、若くはない。

隙は無かった。先ほどから行平が飛び出そうと窺っているが、斬り伏せられる光景がまざまざと見えた。下野随一の驍勇《ぎようゆう》を誇る行平が、こめかみから汗を流している。

ふと気づいたように、男が首を振った。

「小山家の嫡子と、二人。考えられる名は多くはない」

朝政が喉を鳴らした。朝政には心当たりがないということだろう。唸るようにして、男が口を開いた。

「散れ。敵ではない」

男の呟きに、背後に感じていた気配が霧散した。雑色《ぞうしき》（密偵）の類であろうか。男が綾藺笠を持ち上げると、現れた双眸からは鋭すぎるほどの光がこぼれてきた。四十を超えたほど。蛮勇が衣を着ているような坂東武士とはかけ離れた怜悧《れいり》さを、その身体に秘めているように感じる。

男が頭をかすかに下げた。

「六郎殿でございますな」

「俺の知り合いに、お主のような賢者はいないな」

「過分なお言葉です」

「過分ではあるまいよ。ここにいるのが小山の小四郎と分かっていながら、用心のために囲ませ近づく。そして朝政の所作から、俺が六郎であることを見抜くことのできる者が、どれほどいる」

敵意はないが、警戒も解いてはいない。雑色を手足のように動かしていることを考えても、兄頼朝の命で鎌倉の治安を支えている者なのだろう。

男が半身になった。男の抜き打ちは、範頼の首を裂くであろう位置だ。咄嗟に前に出ようとした行平を、範頼は右手で抑えた。

「兄上を見に来ただけだ」

「……会いに、ではなく？」

「俺が兄上の敵になることは無いが、与してもいいかどうか、それを知るために鎌倉まで来た。迫る追討軍を、兄上がどう迎えるのか。兄上率いる坂東の武士の面構えがいかなるものか」

男の眉間の皺が深くなり、次の瞬間、消えた。

「して、六郎殿の目にはどう映りましたかな？」

「鎌倉に集った坂東の武士の名を見れば、坂東を制することは容易いであろうな」

「ほう、では平氏の追討軍には勝てぬと」

声を下げた男から視線を外し、範頼は短く息を吐き出した。少し話しただけでも分かる。この男の懐は恐ろしく深い。今も突如現れた源範頼という頼朝の弟を測ろうと目を光らせている。

平氏の追討軍に勝てるかどうか。その答えで、範頼の将としての実力が分かる。

千葉常胤や上総広常、畠山重忠のような雷名を持った武士ではなく、誰とも分からぬ目の前の男さえ、これほどの深さを持っていることに、範頼は背筋が寒くなるようだった。

「兄上が勝つことはありますまい」

範頼の言葉に、背後の二人がこちらに視線を向ける。男が驚いたように口を結び、そして初めて頬を緩めた。

「その心を聞いても？」

「兄上と戦うまでもなく、平維盛率いる追討軍は敗れる。京で編成された軍は三千余騎。これは精強だが、あまりに東海道を知らない。甲斐で武田信義が、信濃では木曾義仲が起った。これらを越えて維盛が鎌倉に達することはあるまい」

平氏の軍制は、少数精鋭の家人が中核軍を組織し、戦場に向かう途次、かり武者と呼ばれる兵を各地から徴発することで成り立っている。対して東海道の源氏方に集う武士は、全てが自ら起たざるをえずして立った者たちだ。

戦場で向かい合う心構えに、あまりに乖離《かいり》がある。

「確かに、鎌倉の街並みは慌ただしい。しかし、存亡を懸けているような殺気はどこにもないな。追討軍は甲斐の武田に敗れる。兄上を始めとした鎌倉の武士はそう考えているはずだ」

「鎌倉の武士は皆、戦に備えております」

「武田だけに手柄を立てられるわけにもいかないのだろう」

坂東の武士を糾合したとはいえ、頼朝の勢力は周囲の源氏と比べて抜きんでているわけではなかった。甲斐の武田信義や信濃の木曾義仲などは頼朝と同等以上の力を持ち、常陸の志田義広もまた独自に起とうとしている。

入り乱れる源氏の武士の中で、棟梁を名乗ることができるのは一人のみだ。平氏を滅ぼすことができたとしても、その瞬間からたった一つの名を争って骨肉の戦いが始まる。そこで少しでも優位に立つためには、全土の武士が得心するだけの功績を上げる必要があるのだ。

男の顔から険しいものが消え、今度は深々と頭を下げた。

「それがしは王家の放つ刺客を防ぐため、市内を用心しておりました。まさか、このような出会いがあるとは思ってもみませんでした。さすが、殿の弟君と申しましょうか――」

区切り、男が目を細めた。

ついて来いというように歩き出した男の背に束の間迷い、範頼は朝政たちへと視線を向けた。

広大な縄張りが施されていた。

新たな屋敷が建てられている最中で、巨大な窪地は溜池となるのだろう。京で暮らした藤原範季の屋敷に重なるものを感じたが、規模はそれより遥かに大きい。

鶴岡八幡宮の東、大蔵に連れてこられた範頼ら三人の前に現れたのは、いまだ全貌さえ見えぬほど巨大な屋敷だった。長方形の箱に水を注いでいる男は、屋敷が傾かぬよう、水平を見極めているのだろう。乾燥させた木を切る者や削る者が、忙しく動き回っている。

その中に二人、異様な出で立ちの男がいた。

ひとりは僧だろうか。黒衣を身にまとい、幅広の額と大きな口が印象的な男だ。荒法師といった風情がある男だが、範頼たちを先導する綾藺笠の男を見つけると、頭を下げて姿を消した。

残る一人の視線が、まっすぐこちらに向けられていた。

水色の直垂は夕陽の茜色に染められ、小鋳の烏帽子が長い影を創り出している。

鼓動が、わずかに速くなっていた。生まれて初めて感じるものに、範頼は乱れそうになる息を抑え込んだ。近づいた時、綾藺笠の男が頭を下げ、静かに範頼たちのことを男へと話した。

よほど信頼しているのか、逐一頷く男は無腰にもかかわらず、一切の警戒を見せていない。

「景時《かげとき》、少しばかり下がっておれ」

綾藺笠の男の名だろう。景時と呼ばれた武士が頷き、右手へと下がった。こちらが刀を抜けば、即座に動ける場所だ。

男がゆったりとこちらへ向きなおった。

男の瞳にはうっすらと涙が滲んでいた。

「父が討たれ、兄が処刑された。余が十四の折だ。兵に追われ、竹藪を裸足で駆けた。捕らわれれば、六条河原に引き立てられ、血脂の消えぬ刃を首に受けることになる」

男の言葉に、喉が鳴った。

「夜の鬼への恐れなどとうに忘れていた。だがそこで知ったのは、夜話の中の鬼などよりも、人の方がよほど残酷で恐ろしいものだということだ」

男が瞼を右手で拭い、微笑んだ。

「六郎、よくぞ生きていた」

男の言葉を聞いた途端、鼓動が一つ、大きく跳ねたような気がした。

背中に汗が流れていた。どうしてしまったのか。朝政と行平もすぐ後ろにいるはずだが、世界に男と自分のたった二人だけがいるように感じた。

ここ数日、雨は降っていない。だが踏み込めば沈みそうに感じる地面の上で、範頼の意識を捉えたのは腰の刀だった。藤原範季から押し付けられたものだ。

〝勝てぬようであれば、誰かが殺さねばならぬ――〟

なぜ、今その言葉を思い出したのか。

もし、目の前の男をここで討てば、この戦乱の勝者は誰になるのか。目の前に立つ兄、源頼朝を討てば、平氏が勝つのだろうか。それとももっと別の何者かが勝つのか。

跳ねる鼓動を落ち着かせるように、範頼は息を吸い込んだ。目の前の男の瞼には切り傷はない。この記憶は何なのか――。

「兄上」

その言葉に深く頷いた男が、源頼朝であることは疑うべくもなかった。初めて目にする、血を分けた兄弟だった。

寒河御厨を出立した時は、敵になるかもしれぬ男を見定めるのだと思い定めていた。だが、どこか自分と同じ風貌を持つ男を前にして、範頼は戸惑いを感じていた。母を失って以来十六年、肉親と呼べる者はいなかったのだ。

不意に思い出したのは、初めて下野国に踏み入った時、膝を抱えて泣いた芒の野だった。耳元に鳴った風の音に、範頼は拳を握った。

「よくぞ御無事で」

辛うじて絞り出した言葉に、頼朝が人のよさそうな微笑みを浮かべた。

「皆の支えがあってのもの。そなたも左様であろう」

頼朝の視線が背後の朝政、行平へと向けられた。二人が畏まる気配が伝わってきた。

「余は、すぐに発たねばならぬ」

頼朝が沈む夕陽を、眩しそうに見ている。

「平氏を討ち、余は武士の国を創る」

「武士の国、ですか」

頼朝が静かに頷いた。

「この国に、武士は増えすぎた。それこそ、王家の軛《くびき》など噛み砕くほどにな。だが王家もまた、歯向かう武士を殺す力などとうに失っている。誰かが猛る武士を抑えねば、この国から戦が絶えることは無い」

「兄上が、全土の武士を抑えると」

「抑え、武士の利を満たす政をなす」

「王家の政に背くことになります」

　思わず口をついた言葉に、だが頼朝はゆっくりと首を振った。

「王家の政は、この国に平穏をもたらすことこそ正道だ。武士が力を持ちすぎた今、平穏をもたらすには武士を抑え込める者が政をなすことであろう」

　そう言い切った頼朝の姿が、どこか巨大なものとなっていく。

　自分の言葉を、どこまでも信じ切っている。一片の曇りもない頼朝の晴れやかな笑みに感じたのは、どこか狂信的な気配だった。

　頼朝の言葉は理解できる。それこそ、坂東の、いや全土の武士が切望することに違いないことだ。

　だが、人はそう単純なものではない。特に京に巣食うのは、自らの利のために、遠い国の飢饉を罵倒する者たちなのだ。もしも頼朝が己の言葉を信じ、突き進むのであれば、平氏を滅ぼした暁に待っているものは、さらなる大乱ではないのか。

　足元から這い上がってきた寒気に範頼が唾を呑んだ時、頼朝が目を閉じた。

「六郎。鎌倉を見に来たそうだな。それは、小山家のためか？　それとも、余のためか？」

　頼朝は目を閉じている。

　腰の刀を抜き打ちに払ったとして、その首を飛ばすことは容易い。藤原範季の言葉が、脳裏に浮かんでは消えた。拳が、汗に濡れている。

　無防備な頼朝の身体が、さらに大きくなったようにも感じた。

　刹那、頼朝が目を開いた。その瞳からこぼれてくる光は、抗いがたいほどに強い。

「下野のことは分かっておる。我ら鎌倉につくか、常陸の叔父上につくか。それとも足利らとともに平氏方に立つか」

　背後で、朝政が身じろぎした。

「我らは――」

「朝政」

　咄嗟に朝政の名を呼び、その言葉を遮った。今、朝政が何かを言えば、当主政光が在京している以上、その言葉が小山家の指針となっていく。頼朝は、朝政の言葉こそ、小山家の想いとして受け取るだろう。ここで言質《げんち》を与えるべきではなかった。

　息を吐き出し、頭を下げた。

「鎌倉へ来たのは、血を分けた兄上を、一目見ておきたかったからでございます」

　自分の言葉次第で、小山家の命運が変わってくる。

　範頼の刀の間合いに、無防備に身体を晒す頼朝が、途轍もなく巨大に見えた。もし刀を抜いたとしても、その瞬間に空を覆うほどの大きさになり、踏み潰されてしまうのではないか。

「兄上は、武士の国と申された」

区切るように、言葉にした。頼朝が無言のうちに頷く。

「王へ牙を剝く者を、武士と呼べましょうか？」

「武士とは、この国を守る王を、命を賭して護る者たちのことだ。その資質を持たぬ者を、王とは呼ぶまい」

朝政が、絶句しているのが分かった。頼朝の本心なのだろう。朝廷が頼朝の言葉を聞けば、大逆の徒として怒り狂うほどのものだ。

「兄上」

静かに、刀の柄に右手を添えた。

景時が半身となり、朝政、行平もまた背後で固唾を吞んでいる。ただ一人、頼朝だけが表情を変えることなく範頼を見つめている。

「俺の望みは、友とともに生きること。それさえ叶うのであれば、誰が勝者になろうと構いませぬ」

「ほう」

「平氏の世が続くことでそれが叶うのであれば、俺は敗ける者をこの手で討つ覚悟を持っています」

お前が敗けるようであれば、兄であろうと討つ。そう込めた言葉に、頼朝の頬がゆっくりと吊り上がった。

「それだけの力を、そなたは持っているのか？」

力もなく、坂東の武士が認めるような名も、今の自分にはない。だが、それが必要になるのであれば、力を手にする覚悟はあった。源氏の貴種、源範頼として起ち、友を殺さんとする者を挫《くじ》く覚悟が。

睨み合うように見つめる頼朝の瞳には、喜びがあった。

狭い視界の中、頼朝が背を向けたのが分かった。

「待っておるぞ。六郎。今の余に、そなたらを救うことはできぬ。だが、攻めもせぬ」

震える兄の言葉が、身体を包み込んだ。なぜ、震えているのか、考えがまとまらぬうちに、頼朝の足音が遠ざかり、別の足音が近づいてきた。

立ち上がると、目の前には景時と呼ばれた男がいた。

「梶原《かじわら》景時と申します」

ようやく名が繋がった。

頼朝が挙兵し、石橋山の戦いで平氏方の大庭景親に敗れた時、隠れていた頼朝を救った武士が、梶原景時という名だった。挙兵時から頼朝に付き従う土肥《どひ》実平《さねひら》とともに、頼朝の側近と目される男だ。

「殿は明日、西へ出立されます」

声を落とした景時が、まっすぐに範頼を見据えた。

「殿は、有情の武士にあられる。されど、我ら臣はさにあらず」

「それは、いかなることでしょう」

「我らは、殿に武士の棟梁たる姿を見ています。遮る者は、殿の血を分けた御仁であろうと、容赦はできませぬ」

それは源範頼という武士への、あからさまな挑発だった。

だが――。

「買い被りだな、梶原殿」

範頼の言葉に、景時が怪訝な表情をした。

「俺は六郎でしかない。源範頼を名乗るとすれば、それは武士の棟梁になるなどという大それたことのためではなく、せいぜい友と酌み交わす酒の時を守るため程度のことだ」

景時が目を細め、一歩近づいてきた。

「ならば、一刻も早く、殿の下に降ることです。今の鎌倉は多士済済。後ろ盾となる者たちもまた、互いに目先の利害で一致しているのみ。殿の力は、いまだ微妙な均衡の上に成り立っております」

「梶原殿も?」

「それがしの命は、殿のものでございます」

近づいた景時の息が、肩にかかった。

「常陸の志田先生《せんじょう》義広は、鎌倉に降ることを決めましたぞ」

息が詰まるほどの言葉に顔を動かした時、景時が離れ、頭を下げた。先ほどの頼朝の言葉の意味が、ようやく分かった。

〝そなたらを救うことはできぬ。だが、攻めもせぬ〟

頼朝の言葉は――。

「お送りいたしましょう」

有無を言わさぬ景時の身体の後ろには、吸い込まれるような紫紺の空が広がっていた。

三

治承五年（一一八一）二月――。

霜によって浮いた田を踏みしめて歩く範頼の先には、南北に土手が延びている。凍えぬように手を開いては拳に戻す。あかぎれた手の甲をさすり、範頼は駆けだした。白い息が、視界を隠しては、一瞬で流れていく。

一里（約五百メートル）ほど駆けたが、息は上がらなかった。

下野国に来て十三年が経っている。池田宿の狭い部屋の中で育てられ、女子のように白かった肌は浅黒く焼けた。五人張りの弓を扱わせれば、下野国衙に範頼を上回る者はいない。刀も、自らを守るために人目を避けて振ってきた。

血がそうさせたのかは分からないが、誰かが今の自分を見れば、武士としか見えないだろう。下野に来た頃、自分が何者なのか、範頼には分からなかった。武士の子というだけで、武士ではなかったはずだ。農夫でもなければ、まして公家でもなかった。

下野での暮らしは、不自由のないものだった。日が高くなるまで惰眠を貪り、起きれば童を捕まえて双六遊びに興じる。思川《おもいがわ》の上流で魚を釣ることもあれば、朝政や行平とともに巻狩りに赴くこともあった。そして陽が沈む頃には、見初めた女子の館に入り、柔肌の中で瞼を落とす。

目的もなく、ただ生きているのが自分だった。生きることこそが目的と言えばいいのか。武士たちが何故、些細なことにさえ命を懸けるのか、ずっと不思議だった。生きてさえいれば、笑える。生きてさえいれば日々の草花の変化を愛で、心の奥底を滾らせる女子を抱くこともできる。

死ねば、何一つ思うままにできないのだ。

瞼の裏に今も焼き付いているのは、錆びた刀で、幾度も首を斬り刻まれる賊の姿だった。池田宿を襲い、まだ幼かった範頼の策によって捕らえられ、殺された。刀を振るう民は、笑っていた。滅多に褒めてはくれぬ母が褒めてくれたことも覚えているが、その言葉は賊の断末魔の叫びに掻き消された。

元の顔が判別できぬほど無惨に殺された賊が、大きく掘られた穴に蹴り込まれて落ちていく様を見て、範頼は思わず腹の中のものを戻した。賊もまた、ただ生きるために必死だった者たちだった。凶作によって村を追われた孤児が群れ、そのまま生きてきたのだという。

そこで、殺される恐怖を知った。必死に生きたとしても、それが人の道に外れれば、生き延びることができないことも学んだ。

ゆえに、人の道に外れぬよう、生きようと決めた。塀に囲まれた狭い部屋に安堵さえ感じた。

だが、父義朝の死が、平静な日々を過去のものとした。義朝の子と言うだけで、範頼は命を狙われる立場になったのだ。人の道に外れたわけではないにもかかわらず、民は賊を見るような目で範頼を見ていた。

何故、そのような目で見られるのか。

池田宿を逃げ出した時に分からなかった問いの答えは、下野で生きてきて、朧気ながら分かり始めていた。

先祖伝来の地を守るためであれば、全ての命を懸ける。自らの命も、無辜《むこ》の民の命さえもだ。小山家の当主政光が、その差配に従わなかった村を一つ、焼き払った様を範頼は傍で見ていた。捕らえられた民は、西国へと売り払われていった。

全てを滅ぼすか、全てを滅ぼされるか。

敵を殺すことで、王家からその存在意義を認められてきた武士の中には、殺しつくさねば殺されるという本能のようなものがある。だからこそ、池田宿で範頼を養っていた者たちは、義朝を討った平氏に殺されることを恐れたのだ。そして範頼を殺すべきか、迷っていた。

それが分かってなお、理解はできなかった。

愚かだとしか思えなかった。ゆえに、源範頼という名を名乗ろうと思ったことはない。源範頼としてではなく、ただの六郎として生き、死んでいく。それだけが望みだった。

平氏の世が続けば、それは叶えられるはずだったのだ――。

「清盛め」

呟きは、範頼の運命を変遷させ、そして京を牛耳っていた男の名だった。

先年、兄頼朝が伊豆で挙兵して以来、世情は目まぐるしく変わっていった。源氏方の武士が東海道各地で蜂起するに至って、平氏は追討軍を興した。だが、平維盛率いる三千の追討軍は、甲斐の武田信義と和した頼朝に駿河国富士川で壊滅させられている。

鮮やかな頼朝の勝利に、叛乱の火は一挙に燃え上がったように見えた。信濃の木曾義仲は上野に進出し、近江では山本義経《やまもとよしつね》が、美濃では小河重清《おがわしげきよ》、箕浦義明《みのうらよしあき》ら源氏の武士たちが相次いで蜂起した。遠く西海道（九州）では菊池《きくち》隆直《たかなお》が大宰府を攻めたとも聞こえてきた。

だが、朝廷を牛耳る平清盛という男は、保元、平治の大乱を勝ち残ってきた歴戦の武士である。潮目を変えたのは、やはり清盛だった。

源氏の蜂起を好機として、それまで平氏に反抗的であった南都（現在の奈良県）の興福寺、東大寺を大軍でもって攻め、灰燼《かいじん》へ変えた。

後顧の憂いを断った清盛は、平知盛を総大将とする大軍を近江から進め、山本義経の率いる近江の源氏を、美濃国まで追撃させた。そして今年に入って、畿内九か国から兵と兵粮《ひようろう》の徴発を可能とする畿内惣管職を平宗盛《むねもり》へ与えると、近江、伊賀（現在の三重県北西部）、伊勢（現在の三重県）、丹波に家人を配し、瞬く間に畿内の源氏を打ち払ってみせた。

あまりに鋭すぎる清盛の動きに、平氏に非ずんばという言葉を思い浮かべた者も多くいたはずだ。

だが、それは死ぬ前の瞬きのような輝きだったのだろう。

閏二月四日――。

平氏を興隆させた一代の英傑平清盛は、熱病で死んでいた。

平氏の大将軍たちが一斉に京へ戻ると、一度は押し込まれた各地の叛乱は、前にも増して勢いを増した。それまでの戦とは微妙に、意味合いを異にしていることを、誰もが分かっていた。

強大すぎる清盛が死んだことで、源氏の武士は、自らが武士の棟梁になることを現実的なものとして見始めたのだ。共に平氏を討つ味方であった者同士が、誰が棟梁なのかを争う敵となったといっていい。

来るべき時、雌雄を決するだけの力を握ろうと、木曾義仲や武田信義などは四方に軍を発し、所領を増やし続けている。そしてもう一人。常陸にあって、今は頼朝の麾下に名を連ねている志田義広もまた、所領を広げようとする源氏の武士だった。

範頼にとっても、頼朝にとっても叔父にあたる男だ。

〝常陸の志田先生義広は、鎌倉に降ることを決めましたぞ〟

繰り返し耳の奥底に響く言葉は、兄頼朝の腹心である梶原景時のものだった。

富士川の戦いで平氏の追討軍を破った頼朝は、返す刀で常陸を攻め、佐竹政義を謀殺すると、金砂《かなさ》城に拠った佐竹秀義《ひでよし》を壊滅させた。熊谷直実《くまがいなおざね》や平山季重《ひらやますえしげ》という武士が先陣を切ったという報せの中で、範頼の目に留まったのは、二人を率いる源九郎《くろう》義経という名だった。

自分の弟にあたる男なのだろうか。

同じ血を引く者たちが、頼朝の下に集い始めている。義経の名はそう感じさせるには十分なものだった。そして景時の言葉通り、常陸を攻めた頼朝の下には、叔父にあたる志田義広が参陣している。

小山家の置かれた場所は、あまりに危ういものだった。

先年、鎌倉から寒河御厨へ戻った範頼は、当主政光不在のなかで一族を率いる寒河尼と対面し、すぐにでも傘下に入ることを勧めた。義広と争うとしても、平氏方として戦うか、頼朝に連なる者として戦うかで結末は大きく変わる。老練な寒河尼も察したのだろう。

小山家は、すぐに元服前の一万丸《いちまんまる》を鎌倉へ送った。寒河尼は京で生まれた頼朝の乳母でもある。喜んだ頼朝は一万丸の烏帽子親となり、朝光《ともみつ》と名を与えた。

だが、それでも鎌倉と小山家の間柄が安泰とは言い難かった。

頼朝こそ源氏の貴種であり、武士の棟梁であると推戴されているが、その勢力は麾下の武士の力に拠っている。上総広常や千葉常胤などは独力で万余の軍勢を動かしうる武士であり、持てる力で言えば頼朝を遥かに上回る。そして、彼らと同等の力を、志田義広は常陸で保っているのだ。

万が一、志田義広が下野を狙って兵を出してきたとしても、頼朝が叔父の行軍を止めることなどはできない。止めようとすれば、義広の兵は、そのまま鎌倉を狙う大軍へと姿を変えるはずだった。

何より、義広には頼朝にも否定できない大義名分があるのだ。

小山家の当主政光は、いまだ在京し平氏方に近いと言われている。寒河尼と朝政の素早い行動もあったため、義広も判断を迷っていたようだが、年が明けた頃から、常陸と下野の境には斥候らしき兵の姿が現れ始めていた。

義広が下野を併せれば、その勢力は鎌倉を大きく超えることになるだろう。

そうなれば、骨肉の争いが坂東に吹き荒れる。信濃を押さえた木曾義仲、甲斐、駿河を押さえる武田信義。清盛を失った平氏の勢いは明らかに衰えており、坂東の騒乱はすぐにこの国を覆い尽くす。

「誰が、誰を救うのか」

呟いた言葉を噛み締め、範頼は土手の上から白い霧が垂れ込める渡良瀬川を見下ろした。足を踏み入れて十歩も進めば身体は動かなくなるだろう。鎧を身に着けて冬の川に流されれば、四半刻持たずに死んでいく。

立ち止まった身体からは湯気が立っていた。

「どれほど、死ぬかな」

閉じた瞼の裏側に、死屍累々たる戦場が見えた。

頼朝に後れを取ったと言えど、義広もまた間違いなく源氏の貴種であり、率いる兵は三万騎を超える。正面から争って、小山家が抗える敵ではなかった。愚直にぶつかれば、朝政や行平は間違いなく死ぬだろう。

ただ生きたいと願うことは、間違っているのだろうか。

この十年で、深くなった両岸の葦《あし》の茂みを見つめて、範頼は歯を噛み締めた。

知らぬ間に父が死に、母が近淡海《ちかつあふみ》の霞の中に消えた。名を隠して過ごした京の二年は、常に首筋に刃を添えられているようにも感じた。そうして辿り着いた下野の夜、誰とも知らぬ童に白刃を突き付けられた。

その瞬間は何とも思わなかったが、初めて向けられた明白な殺意に、膝を抱えて身体を震わせた。その童こそ、小山朝政だった。自分の居場所はどこにもないと、朝政の刀に感じたのだ。であれば、せめて害にならぬうつけを演じようと決めた。そうすればあえて殺そうとする者もいまい。そう思ったのだ。

　事実、怠惰な暮らしぶりの範頼を、源氏の貴種と讃える者はいなかった。

　平氏に与する小山政光が率いる下野では、まるでいない者のように扱われた。風向きが変わったのは、佐竹の脅威を防ぐために古河に砦を築くことを進言した時だった。朝政が範頼を認め、次いで古河を襲った賊を滅ぼした戦で、行平が範頼を認めた。

　源氏の貴種として、動いたわけではなかった。

　ただ怠惰な暮らしを保つために動いただけだ。ただの六郎として動き、そして初めて認められた。源氏の貴種ではない自分が認められたことを、嬉しく思ってしまったことが始まりだった。認めてくれたのが、出会った時に刀を向けてきた朝政だったことも大きい。

　誰も源氏の貴種を望んでいなかった地で、自分の力が、自分を認めさせた。

「笑ってしまうな」

　もうじき三十になる男が、たった二人の男を友にできたことを喜んでいる。

　あまりに馬鹿馬鹿しく、だが、それこそが生きる意味だと思っていた。人は死ぬのだ。戦に出ようが出まいが、いずれ死ぬ。老いに死ぬ者もいれば、病に死ぬ者もいる。道で転び、突然死ぬ者もいる。

　あまりにも儚《はかな》い人の命、たった二人でも友と呼べる者がいることは、かけがえのないことではないのか。その二人は、源範頼ではなく、六郎という一人の男を友と認めてくれているのだ。

長く息を吐き出した。

背後から、足音が聞こえてきた。

「風邪を召されます」

声を聞く前に、その足音が朝政のものだと分かっていた。緩みかけた頬に右手をあて、範頼は頷いた。

「十年前、古河に砦を築いたときのことを覚えているか？」

曇天を見上げて言った言葉に、朝政が頷いた。

「父が目を丸くしておりました。昨日の忌者はどこに行ったのだと」

「大掾殿らしいな。源氏の貴種への尊崇など微塵もない」

「六郎殿こそ、それを嫌っておられました」

「そうだったな」

頷き、範頼は葦の生い茂る渡良瀬川へと、視線を戻した。

「この十年で、川の水位は大きく下がった」

右隣に立つ朝政が、小さく頷いた。

「古河の砦とともに、上流に堰堤を造るようにと六郎殿は言われました。荒れ狂う渡良瀬川が治まり、民も喜びました」

「堰堤の仕掛けは、今も無事か？」

範頼の言葉に、朝政が肩を震わせた。

「要となる木を抜けば、決壊します」

「叔父上は、この川の水位が、本来の高さでないことは知らぬな」

「……おそらく」

消え入るような声だった。そこには微かな恐怖が滲んでいるようにも感じる。

沈黙を破ったのは、朝政だった。

「あの時から、この状況を考えておられたのですか？」

震える朝政の声は、範頼の考えを見抜いた証だった。この十年で、朝政も成長した。苦笑する気にはなれず、範頼は首を振った。

「叔父上が相手になるとは思わなかったが」

志田義広率いる兵が三万騎を超えるとするならば、自分は三万の命を殺すことになる。生きるために、数え切れぬほどの命を殺す。

それが果たして正しいことなのか。人の道には外れている。だが敵を殺し、自分の身は自分で救うという武士の道であれば、まさしく正道だった。とするならば、やはり自分は武士ということになるのだろうか。

「因果なものだな」

怪訝そうに目を細めた朝政に、範頼は腰の刀を鞘《さや》ごと抜いた。

「叔父上が下野を攻めることになれば、兄上はどちらに手を貸すこともできない」

「鎌倉殿は朝光の烏帽子親にもなられました」

「小山宗家が滅びても、朝光だけは生き延びさせる。今の兄上が小山家にできることは、その程度だ。麾下と言えど、叔父上の勢力は兄上のそれに匹敵する。叔父上の下野侵攻を止めることは、兄上にとって後背に強大な敵を作ることにしかならぬ」

「では、鎌倉殿は我らを見捨てると？」

「朝政、お前も聞いたであろう。救えぬが、攻めぬという兄上の言葉を」

喉を鳴らした朝政を一瞥し、範頼は刀を身体の前で握った。

火種となる者を殺せと、かつて藤原範季から押し付けられた刀だ。柄《つか》を握り、わずかに刀身を浮かす。美しすぎるほどの丁子乱《ちょうじみだれ》の刃文が、凍えるような空気の中で、禍々しく映った。

「誰を殺すための刀なのか」

呟いた言葉が独り言だと分かっているのだろう。朝政は口を結んでいる。

「誰も、殺したくはないな」

生きたいという願いは、裏を返せば争いに巻き込まれたくないという願いだ。池田宿で殺されていった賊の生首が、瞼《まぶた》の裏から消えたことは一度もない。彼らの土気色の顔を思い出すたびに、震えが止まらなくなる。

藤原範季が自分にこの刀を与えたのは、源氏の血を引く範頼が、いずれ何かに使えるかもしれぬと思ったからだろう。そうならなくとも、帝の傍に仕える範季にとって刀一本捨てる程度、痛くも痒くもなかったはずだ。

吐き出した息によって曇った刀身を鞘に納め、範頼は直垂の袖を力ずくで引き裂いた。目を見開いた朝政を無視し、破った布を刀と鞘に幾重にも巻きつけた。

争わずに済む方法は、もはやない。友と共に、己が生き延びる道は、たった一つだけ。源範頼として、将として戦場に立つことだった。生き延びるために、他の多くの命を奪う。あまりに身勝手な理屈に思える。

刀が抜けぬよう布を巻きつけたのは、せめてもの矜持だった。

将として戦う。一人の武士として戦う以上に、多くの者を殺すことになるだろう。ゆえに、将である自分の首元に敵の刃が迫った時、抗うことはしない。

生きたくば、将として勝ち続けるしかない。

勝ち続ければ、友もまた生き延びることができるであろう。息を、吐きだした。

「小山家が勝つことはないぞ」

「どういうことです？」

「志田義広は、兄上に並ぶ源氏の貴種だ。戦に勝ったとしても、大掾殿が在京する以上、坂東の武士は、平氏方として叔父上と戦ったと思うであろう。平氏方の小山家に、源氏の武士が討たれた。そうなれば、兄上が小山家を野放しにすることはない。源氏の棟梁として、許されぬことだ」

「鎌倉殿が小山家を滅ぼす……」

絶句する朝政に、身体を向けた。

「志田義広との戦では小山一族に勝ち目はない。だが――」

抜けぬようになった刀を、朝政へと突き付けた。

「志田義広と源範頼の戦ならば、目はある」

ともに、源氏の貴種だ。

戦は勝者こそが正しい。源範頼が志田義広を討てば、兄に叛旗を翻した者を誅《ちゅう》した戦という意味にも変わっていく。志田義広の下野侵攻は、ほぼ間違いない。小山家が勝利する道は、ただ一つしかなかった。

「朝政」

「はっ」

範頼の気迫に、朝政が驚いたように声を上げた。

「俺は、生きたいのだ。ただ、生きていたい」

「存じております」

「だが、下野に来て十三年、少しだけ欲深くなった」

「欲深く?」

小さく頷き、苦笑した。

「一人生きていればいいと思っていたが、そこに友の姿を望んでいる」

「……友ですか」

「それを望むのは六郎だ。だが、その望みを叶えるためには、源範頼として世に起たねばならぬ」

因果なものだと思った。

武士として生きぬために、武士として名を上げねばならない。一度起てばどうなるのか。範頼の前には、終わりのない道が遥か彼方まで真っすぐに延びていた。

志田義広を討てば、源範頼という武士は、間違いなく鎌倉にあって重きをなす名となるだろう。頼朝には血を分けた者があまりにも少ない。それは、平氏追討の戦陣に、自ら起たねばならないことを意味しているが、頼朝の代わりはいないのだ。

源義経という名も聞こえてきたが、頼朝麾下の将として功を上げたに過ぎない。一軍を率いて大敵を滅ぼした源範頼という武士の価値を、頼朝や鎌倉の武士が見逃すとは思えなかった。

ここで起てば、平氏を滅ぼすまで、自分の戦は終わらない。

武士なのか、公家なのか。いまだその答えは出ない。だが、友を守るためには、平氏を滅ぼすまでは、武士となるより道は無いようだった。

「これは、俺の覚悟だ」

抜けぬ刀を、朝政が凝視した。

将として起つ。将自らが刀を抜かねばならない戦は、敗け戦でしかない。

ただ生きるためには、勝ち続けなければならない。一度たりとも敗れず、そして――。

「朝政」

口にした言葉に、朝政が背を伸ばしたようだった。

「源範頼を支えてみせろ」

強張った朝政の表情に背を向け、範頼は静かに渡良瀬川を後にした。


治承五年（一一八一）閏二月二十三日――。

冬枯れの関東平野を、騎馬武者に率いられた三万の軍兵が進んでいた。率いる武士の名は、志田先生義広。下野を手に入れれば、その勢力は頼朝と同等以上となる。何も源氏の貴種は頼朝だけではない。己こそ武士の棟梁に相応しいと、下野に足を踏み入れた義広を待っていたのは、身を凍らせるような風だった。

古河の砦では、下河辺行平が気勢を上げている。猪武者を避けるように、寒河御厨へと進軍した義広を待っていたのは、小山家から発せられた使者であった。歓待の宴を催したいとする言葉を、義広は二つ返事で承諾した。

三万騎を率いる自分に、政光不在で二千騎ほどの手勢しか持たぬ小山朝政が抗うとは、夢にも思っていなかったのだろう。

百騎ほどの手勢とともに野木宮《のぎみや》に向かった義広を待ち構えていたのは、朝政率いる千騎の埋伏《まいふく》であった。光の無い闇の中、星と見紛うばかりの火矢の雨を見た瞬間、義広は朝政に謀られたことに気づいた。その時点で、勝敗は決していた。

義広討ち死にという虚報を触れながら三万騎へ突撃した小山の別動隊に、義広の手勢は闇の中、算を乱して逃げ出した。

潰走《かいそう》する義広の兵が、冬の渡良瀬川に差し掛かった時――。

彼らの耳朶を打ったのは、地の底から這いずり出した物の怪のような雄叫びであった。

渡良瀬川の濁流に呑み込まれた兵の数が、どれほどに上るかは分からない。辛うじて逃げ出すことに成功した者たちは、古河の砦を押さえていた下河辺行平の手勢によって、次々に討たれていく。

朝日の茜色が、関東平野を優しく染め上げていた。

あまりにも柔らかい光の中、延々と続く死屍の群れを、源範頼は馬上で見つめていた。

自分が生きるために、多くの命を自分の策で奪った。人の道からは外れた。だが、己が大切なものを守るために殺した。それこそ、武士という生き物のはずだった。

もはや、後戻りはできない。

口には出さなかった。口に出してしまえば、心の中で握ったはずの決意が、溶けだしていくように思った。

腰の刀を抜こうとして、布を巻きつけていたことを思いだした。

四

治承七年（一一八三）八月――。

志田義広を破って二年余りが経っていた。黄金色の稲穂が垂れる平原を見渡し、範頼は陽の沈みかける西の空を見やった。

雁《がん》の群れが夕焼けの中に溶けるように消えていく。

「消えた雁は、どうなっていくのか」

呟きに、傍に立つ下河辺行平が首を傾げた。

童の頃からその気配はあったが、三十を超えた今では、絵巻物の中に出てくる豪傑のようになっている。口元は髭で隠れ、口数も少ない。

「新たな地に辿り着くだけでしょう」

答えた行平に、範頼は頷いた。

「新たな地に鷲《わし》がいれば、地に墜とされその餌となるな」

「だからこそ群れているのです。そして、鎌倉の群れは雁の群れではなく、鷹の群れです」

この男は、人の心をよく読む。理路整然と話す朝政とは対極だった。

「鷹の群れ、か」

喉の奥で反芻した言葉に、範頼は鎌倉の方角へと視線を向けた。南に稜々と延びる山並みを越えれば、由比ガ浜の白砂が広がっている。頼朝の入府以来、東西から人が集まり続け、今や東海道で最も栄える街となっている。

二年前、富士川の戦いで平氏の追討軍を破った兄頼朝は、鎌倉へと戻り坂東を固めることを優先した。坂東の武士が求める棟梁であるためには、必要なことだったのだろう。

各地の平氏方の目代を滅ぼした頼朝は、付き従ってきた武士たちに所領を安堵し、自らの立場を確立させた。

頼朝のこの裁きは、賭けだったといっていい。

これまで、所領を安堵することは朝廷にのみ認められた権利だったのだ。それを源氏の貴種とはいえ、一介の武士がやってしまった。当然、朝廷は賊が坂東の地を凌掠《りようりやく》したと罵ったというが、朝廷が頼朝を罰するには、坂東の地はあまりに遠かった。

遠く、そして坂東どころではなかった。

西海道（九州）の菊池隆直の叛乱と西国の飢饉は、西国を勢力の基盤とする平氏にとって真っ先に片付けねばならない課題であったのだ。譜代の家人である平貞能《さだよし》の獅子奮迅の働きで、西海道は落ち着きを取り戻しつつあるというが、平氏の動きは遅きに失した。

藤原範季は、無味乾燥な書簡の中で、平氏の戸惑いと朝廷の無策を嘲笑っていた。

平氏と姻戚関係にありながらも、後白河院に重用され、その皇子尊成親王《たかひらしんのう》の養育を任されている。敵とも平然と繋がる範季が、今何を思っているのか知りたかった。平氏の全盛期にあって、敗れた義朝の子である範頼を匿っていたような男だ。

下野に送り出されて以来、月に一度、書簡を送ってきていたが、返書をしたためたことは無い。だが、平氏の没落が現実的なものになってきた今、その書簡の内容が徐々に変わっていることに範頼は気づいていた。

これまで、ただ京の情勢を淡々と記していた男が、平氏の滅びを筆の色濃く記すようになっていた。武士か公家か。誰を勝者にするかを選べと、下野に送り出された。

平氏が没落すれば、範季が養育する尊成親王が帝として即位することは間違いない。そうなれば、新たな朝廷における範季の力は絶大なものになるはずだった。範季の望みが、王家による政だとすれば、いずれ頼朝と対立することになるかもしれない。

そうなった時、範季が範頼に望むことが何なのか――。

平氏との戦の中で、源範頼という名前は大きなものになっていくはずだ。全土の武士を頼朝が統べた時、王家が、範季が頼朝を排除しようと考えれば、その瞳は間違いなく頼朝と同じ血を引く自分へと向くだろう。

そこまで見越していたのかは分からないが、投じた流れに逆らう術を、範頼は知らなかった。

身体が、見えない縄に絡めとられていくように感じた。

「まだ、兄上が勝つかは分からぬが、そうなった時、俺はどうすればいい」

自分への問いかけではないと思ったのだろう。行平は口を開かない。

西国の鎮定に奔走する平氏を後目《しりめ》に、甲斐、駿河では武田信義や安田義定《やすだよしさだ》が、信濃では木曾義仲が着実に力をつけていた。それぞれが独力で、衰弱した平氏を圧倒しうるほどの勢いを持ち、特に信濃の木曾義仲などは、平氏によって越後守《えちごのかみ》を得た城助職《じょうすけもと》を横田河原の戦いで壊滅させ、信濃、上野のみならず越後までその力を伸ばしている。

京の朝廷にとって、遠い坂東の頼朝を気にかけている余裕などは無かった。力を蓄える時を得た。その点で、頼朝は賭けに勝ったといっていい。

鎌倉の侍所には、坂東の有力な武士が並び、この二年で、その数は四百を超えた。上総広常や千葉常胤らはもとより、朝政の父である小山大掾政光も、一族をあげて鎌倉の麾下に入ることを決め、上野国にあって自立を保っていた新田義重も参陣している。頼朝の背後では北条時政《ほうじようときまさ》が御家人たちに鋭い目を光らせ、左右には梶原景時や土肥実平といった老獪な武士が控えている。綺羅星のごとき武士を従え、常陸の佐竹、下野の足利を討ったことで、坂東の覇者は源頼朝だと衆目の認めるところになっていた。

京の平氏から遠い地で、頼朝は力を蓄えた。

だが、それが吉と出るのかどうか――。

「分からぬな」

行平が怪訝な表情をした。

「鎌倉の武士が、何を望んでいるのか」

いまだ測りかねていた。

京では治承から養和、寿永へと改元している。だが、京の王家を認めぬとばかりに、坂東では未だ治承という元号が使われ続けていた。

王家の政によって血を流してきた坂東の武士たちは、もはや王家を必要とはしていないのではないか。治承を使い続ける彼らを見れば、そう宣言しているようにも見えた。

「坂東の武士の中でも、梶原殿は分かりやすいな。兄上が王家と並ぶ武士の棟梁となり、泰平をもたらすことを愚直に願っている」

「厳しい取り締まりは、皆から恨まれておりますが」

「それがあの男の狙いだ。兄上が言いにくいことをはっきりと言う。憎まれ、恨まれることなど織り込み済みだろう」

「あまりに鋭い言葉が、舌禍を生まねばよいですが」

行平の言葉に、範頼は口元を手で覆った。

景時には、粗野な坂東武士らしからぬ高い教養がある。侍所所司（副長官）として、景時は御家人の統制を任されているが、傲岸な物言いもあって、頼朝の威を借る佞臣《ねいしん》と呼ばれてもいる。

それを宥《なだ》めるべき侍所別当（長官）和田義盛《よしもり》も、景時にその無邪気さを蔑まれたことで憎んでいるというが、景時はあえてそうすることで頼朝への批判を自分に集めているふしがあった。

「今は大丈夫であろう」

「今は、ですか」

範頼はぎこちなく頷いた。

「千葉殿や上総殿は、坂東を朝廷から独立した国になさんと思っているようにも見える。北条殿は、ただ己が家の繁栄を願っているようにも見える。小山や下河辺は、生き延びるために鎌倉に従っている」

「見ているものが違うということですか」

「うむ。平氏という共通の敵があるがゆえに、手を結んでいた。だが、敵が消えれば、坂東の武士が抱える矛盾は露わとなる」

その時、坂東の武士はいかなる道を選ぶのか。

この二年、坂東の武士たちは迷いの答えを出さずに済んだ。

頼朝が平氏と干戈《かんか》を交えることは無く、坂東は一時の平静に包まれていた。だが、その静謐《せいひつ》も終わりを告げようとしている。答えを出さねばならぬ時が迫っていた。

「新たな王か、古き王か」

大きな夕焼けが、稜線に沈んだ。

「向こうにいるのは、鷲だろうか？」

呟いた言葉に、行平が目を細めた。

「信濃を飛び立った鳶《とび》は、大鷲になったかもしれませぬ」

平氏が西国に目を向けている間、信濃で力を得た木曾義仲は、範頼や頼朝にとって従弟にあたる。義仲の父義賢《よしかた》は、平治の乱で処刑された範頼の兄義平に討たれており、鎌倉方とは不倶戴天とでも言うべき武士だ。

一月前、鎌倉に届いた報せは、ついに平氏が東国の源氏追討に本腰を入れ始めたというものだった。六人の大将軍に率いられた十万余騎の大軍が越前を越え、北陸道を制する義仲討伐へと京を発した。

平氏の強大な権勢を知る坂東の武士たちは、息を潜めるようにしていたが、次に届いた報せは、倶利伽羅《くりから》峠の戦で大勝した義仲が、余勢を駆って京へ突き進んでいるというものだった。

義仲の勝利に、近江や美濃、甲斐の源氏が呼応し、今まさに平氏を滅ぼさんとするほどの勢いであるという。

このまま義仲が武士の棟梁となれば、平氏の次に滅ぼされるのは父の仇である頼朝だろう。

「義仲の下には、平氏打倒を旗として戦われた以仁王の遺児、北陸宮《ほくりくのみや》がおられる」

「後白河院の嫡孫にあたるお方ですね」

北陸宮を擁する義仲の姿は、以仁王の令旨を旗印にする頼朝よりも、棟梁に相応しい者と武士の目に映っているはずだ。このまま京を陥れるようであれば、武士の棟梁は義仲になっていき、坂東は孤立することになる。

倶《とも》に天を戴かず。

心の中の呟きには、強い翳りがあるように思えた。

「鎌倉へ戻るか」

京からの報せが届く頃だった。

頷いた行平を一瞥し、範頼は馬腹を蹴り上げた。


侍所には、錚々《そうそう》たる顔ぶれが集まっていた。

目を閉じて腕組みする頼朝を正面にし、左右に分かれて二十四人が並んでいる。千葉や上総、三浦を筆頭に、梶原や土肥など挙兵以来の御家人たちは、それぞれの国衙庁を牛耳り、頼朝が坂東の主になってから、さらに力をつけた武士たちだ。

範頼は朝政を供として、右側の列の中頃に着座していた。上座とも下座とも言えない場所だ。範頼の扱いを決めかねているのか、それとも血の繋がりを重視しないという意思表示なのか。正面には、精悍な男を従えた源九郎義経がいる。小柄な身体から発する気配は、鋭利な刀を思わせるほどで、茫洋とした巨大さを感じさせる頼朝とは大きく違う。

「岐路であることは、各々分かっておられよう」

口火を切ったのは、上総広常だった。鎌倉麾下の武士の中でも、最大の力を有する広常の言葉に、並ぶ武士たちの表情が強張った。

広常が舌打ちし、肩を回した。

「こうして我らが間抜け面を突き合わせている間にも、殿の従弟殿の声望は上がるばかり。京へ駆けるか、鎌倉殿を坂東の王となすか、我らも早々に決断せねばなるまい」

広常の言葉に、並ぶ梶原景時の頬がわずかに動いた。

二年前、鎌倉に訪れた範頼と朝政の前に現れた男だ。その瞳の奥に横たわる怜悧なものは変わっていない。

「坂東の王とは、いかなる意味にございますか?」

黙する頼朝に代わって口を開いたのは、梶原景時だった。頼朝が口にしづらいことを、景時が口にする。このところ、その役割が決まってきていた。

身分で劣る景時に問われたことが気に障ったのか、広常が眉を顰《しか》めた。

「かような意味すら分からぬか」

「評定の場にございます。誤解なきよう、ご説明いただきたい」

粗野な物言いの広常と違い、景時の言葉はどこか上品さを感じさせる。それもまた広常を苛立たせているようだった。広常が再度舌打ちした。

「木曾義仲が京を攻め落とし、平氏を西海へ追い立てた。甲斐や美濃、近江、摂津《せっつ》の源氏一門も付き従っておる。当初は鎌倉殿を棟梁とみなしていた者たちの多くが、義仲の傘下に入っておる」

「一時的なものにございましょう」

「たわけが。戦とは勢いじゃ。全土を支配していた平氏の大軍を倶利伽羅峠に破り、平氏から京を奪った義仲の勢いは、天下第一。今や朝廷も義仲の掌にあることを考えれば、全土の武士はすべからく義仲の下へと靡《なび》くぞ。鎌倉殿の制した坂東にあっても、揺らぐ者が出てくるかもしれぬ」

吠える広常に、景時が目を細めた。

「我ら鎌倉殿に従う者にも異心を持つ者が出てくると？」

「武士とは健《けなげ》気な生き物じゃ。宣旨に己が名を記されでもすれば、旧恩を忘れて尻尾を振りおるわ」

「それは、上総殿にもお心当たりが？」

広常の顔が紅潮した。傍の千葉常胤が、広常の膝をそっと押さえる。景時の表情には、微塵の変化もない。頼朝の前だ。広常が深く息を吐き出し、舌打ちした。

「腹の腐ったような言葉を吐くくらいならば、口を閉じておれ。鎌倉殿への忠義において、儂は人後に落ちぬ。この場で、儂よりも多くの兵を鎌倉殿の下へ進ませる者がおるのか」

烈火のごとき広常の言葉に、景時が目を細め小さく頭を下げた。

「言葉が過ぎました」

感情のこもらぬ言葉に、広常が再び舌打ちして顔を背けた。

広常は景時を嫌っている。それは何も広常に限ったことではないが、今の景時の言葉は、斬られてもおかしくないほどのものだ。にもかかわらず、広常がこの程度で場をおさめたのは、内輪で争っている場合ではないと分かっているからだろう。

広常ほどの武士でさえ、恐れているのだ。侍所に並ぶ武士も一様に顔を強張らせていた。ちらりと見た頼朝は、いまだ目を閉じている。

七月二十八日、東海道、畿内の源氏方の武士を従えた木曾義仲が、大軍をもって入京を果たしていた。

西国平定に力を割いていた平氏の隙を衝いた形であり、清盛の三男宗盛を棟梁とする平氏一門は、六波羅邸、西八条邸を焼き払い西国へと脱出している。

平氏の動きは、あまりにあっさりとしているようにも思えた。畿内の源氏が義仲に靡いたとはいえ、伊勢や大和には代々平氏に仕える家人が多くいたはずだ。精鋭の武士を招集する暇もなかったということなのか。それとも、彼らをもってしても木曾義仲という武士には勝てぬと判断したのか。

平氏は安徳《あんとく》帝を伴っているが、幼帝に代わって朝廷を取り仕切っていたのは後白河院である。老獪な院は衰退した平氏を見限り、入京した義仲を旭将軍と讃えて平氏追討を一任したという。

同時に、義仲が頼朝追討を奏上しているとの噂も流れてきていた。

頼朝を敵視する義仲が朝廷に働きかけ、宣旨を諸国の武士に与えれば、揺れ動く者は多く出てくる。そうなれば、ようやく築き上げた坂東の静寂も再びかき乱され、小山家も巻き込まれることになる。

広常がじれったそうに膝を叩いた。

「我らが取りうる道は、二つ。義仲を討ち、鎌倉殿を源氏の棟梁へと押し上げる。もしくは、坂東を王家の力の及ばぬ地となすことじゃ」

広常の言葉に、並ぶ武士の数人が俯いた。広常の言葉は、坂東武士の心の奥底にある願いだった。

王家の政によって、坂東の武士は親兄弟を敵として、五十年余にわたって血で血を洗う戦を繰り返してきたのだ。その心は疲弊しきっている。王家ではなく、新たな秩序を求める言葉を口にしたとしても不思議ではなかった。

しかし同時に、坂東が王家から独立したとして生き残ることができるのか――。

彼らは、そう恐怖もしている。武士の脳裏には、天慶《てんぎょう》二年（九三九）の平将門の叛乱が間違いなく刻まれているだろう。王家に逆らい新皇を称した将門は、坂東を制しつつも、小山朝政の祖である藤原秀郷に敗れ散っている。

坂東の北には、奥州十七万騎を従える藤原氏がいる。義仲が朝廷を手中に収め、西国の平氏を討ち果たすことに成功すれば、坂東は北と西から挟撃されることになるのだ。長年の戦を潜り抜けてきた坂東の武士だからこそ、勝ち目のない戦であることを知っている。

沈黙が支配する侍所の中で、範頼は正面に座る義経が、広常を凝視していることに気づいた。あの瞳は、いかなる感情なのか。

咄嗟に腰に手をあて、刀は預けていることを思いだした。そもそも、腰にあったとしても抜けはしない。だが、それほど義経の放つ気配は禍々《まがまが》しかった。

範頼の視線に、義経の従者らしき男が気づいた。佐藤継信《つぐのぶ》。朗らかに笑う男が義経の水干の裾を、そっと引いた。義経がはっとしたように視線を左右させ俯く。

今のは何だったのか。戸惑う範頼の思考を遮ったのは、侍所正面に胡座する頼朝だった。

「広常の言い分も、余は心得ておる」

響いた声に、威圧するようなものはない。だが、その声は居並ぶ坂東の武士の頭を自然と垂れさせる。

この二年、激しく動いてきた信濃の木曾義仲や、甲斐の武田信義と違い、頼朝は鎌倉から動いていない。日々、口数は少なくなっていったように思う。代弁者として梶原景時や土肥実平らが喧《かまびす》しくなり、武士の苛立ちを集めてきた。

二人の側近の言葉が多くなるほど、坂東の武士は頼朝が何を考えているのか分からなくなっていったといっていい。頼朝は、得体の知れぬものになろうとしている。この二年間で何度か感じ、確信に近くなっているものだ。

得体の知れないものを、人は恐れる。恐れは畏れとなり、いつしか敬いへと変わっていく。

それこそ、藤原範季が恐れているものではないのかと範頼は思った。

無形の重圧の中、不意に空気が軽くなった。

頼朝が微笑んでいた。

「暫し、待つがよい。風向きは変わる」

頼朝の言葉の意味が分かった者が、どれほどいるのか。範頼にも、兄が何を見ているのかは分からなかった。梶原や土肥などは知っているのか。横目に見た二人の顔には、いかなる感情も映ってはいなかった。

「六郎」

名を呼ばれた。

「二年前、志田先生義広を討った戦において見せた指揮は、三軍を率いる才であった。大軍を縦横に操り、源氏の名を世に知らしめた父上を彷彿させるものがあった」

「過分なお言葉にございます」

「九郎」

「はっ」

幾分高い義経の声が響いた。頼朝が頷く。

「常陸の佐竹討伐の折、熊谷や平山らを率いて先陣を切ったお主の働きは、まさに本国無双。敵の搦手《からめて》を見抜き、先駆けをする将としてお主以上の者はおるまい」

義経が深く頭を垂れた。

鞍馬寺に預けられ、天狗から兵法を伝授されたという話が広がるほど、義経率いる軍の動きは鋭い。常陸での戦は伝え聞いただけであったが、下野の足利俊綱《としつな》を討った戦は、範頼も間近で見ていた。下総一の武士を自称する下河辺行平が息を呑み、朝政の父である政光もまた、口元を手で覆っていた。

鞍馬寺を出た義経は、奥州の王とも目される藤原秀衡《ひでひら》の下に身を寄せ、溺愛されていたという。その証とでも言うべきか、佐藤継信という男は、秀衡の傍に仕える佐藤基治《もとはる》の後嗣だった。

だが、その事実があるゆえ、範頼は義経の存在もまた測りきれていない。

奥州の藤原秀衡は、往古から朝廷に従順な男なのだ。その姿勢を買われてか、平宗盛によって、秀衡は武士では初となる陸奥守《むつのかみ》へと上っている。明らかに頼朝討滅を目的とした官職を平然と受け、頼朝の下には腹心を送り込む。

この国には、気が遠くなるほどの長さがあり、それぞれに思惑がある。義経の存在は、まさにその象徴のようだった。

頼朝の瞳がすっと細くなった。

「戦備えを」

侍所の空気が、一気に張り詰めた。

二年、諸国の源氏が躍動する中、沈黙を守ってきた。その頼朝がついに戦の命を下そうとしている。敵は――。

「敵は、平内府宗盛」

響いた名前に、並ぶ武士たちがざわめきだした。左右を見渡し、今自分が耳にした言葉がまことのものだったのかを確かめようとしている。微動だにしていないのは、梶原、土肥、そしてその横に佇む目立たない白面の若人だった。北条家の後嗣、名は義時《よしとき》と言ったはずだ。

「義仲と手を結ぶと？」

声を上げた広常に、頼朝が首を左右に振った。

「六郎」

何故、自分の名が呼ばれたのか分からぬまま、範頼は頷いた。

「よいな。敵は平宗盛、そして知盛兄弟だ。新中納言知盛は、凄まじき敵ぞ」

あからさまに無視された広常が立とうとした刹那、頼朝の瞳が広常へと向いた。我が子ほどの年齢の頼朝の気迫に、広常がみるみる萎縮していくのが分かった。

ついに項垂《うなだ》れた広常を見て、頼朝が立ち上がった。

「これは、武士の棟梁を決める戦だ。我ら坂東の武士の戦は残忍酷薄と恐れられ、東夷とさえ罵られておる。だが、我らは、この国を統べんとする覇者の軍。非道は禁ずる」

頼朝の瞳に浮かぶ光が強くなり、諸将が昂り始める。上総広常をものともしない口ぶりに、二年前の頼朝とは比べものにならないと皆が感じたはずだ。

頼朝の言葉は、これは義仲と源氏の棟梁を争う戦ではなく、武士の棟梁として全土を手中に収めるための戦いだという意思表示だった。そしてそれは、頼朝に坂東の王の姿を見る者たちへの決別の言葉でもある。

頼朝が右手を突き出した。

「余は、武士を統べる者である」

弾けるような声に、諸将が喉を鳴らし、一斉に頭を垂れた。

「搦手の大将軍には九郎を。大手の大将軍は六郎とする。皆、そう心得よ」

頼朝の言葉に、侍所に並ぶ武士の声が連なった。

頼朝は、敵は平氏の兄弟と言い切った。間違いなく、頼朝の手のうちには坂東の武士に知らされていないものがあるはずだ。それがいかなるものなのか。そして、自分に敵が知盛であると念押ししたのは何故なのか。

義仲の制する京のさらに西、万余の軍勢を率いて上洛を目指す平氏の大軍を脳裏に浮かべ、範頼は拳を握り締めた。

自分を思うままに操ろうとする藤原範季からの書簡を待ち遠しく思ったのは、初めてのことだった。

第三章　偽りて

一

治承七年（一一八三）十月――。

鎌倉に、坂東一円の武士が馳せ参じた。頼朝の発した号令によるもので、一日経ち、二日経ち、三日も経った時には鎌倉には入りきらないほどの数に達している。この二年、頼朝が蓄えた力だ。

〝暫し、待て〟

二カ月前、侍所で公言した頼朝の言葉の意味が、ようやく分かった。

「恐ろしいお人だな……」

太陽に背を向けると、山手に大倉御所が見えた。

頼朝の館であり、寝殿造りの広壮なものだ。鎌倉に踏み入った者に、頼朝こそがこの街の主であると有無を言わさず認めさせる。

小山家を、朝政や行平ら友を守るために頼朝の下に参じた己の判断を、範頼は背筋の冷たさとともに正しかったと認めるような気持になっていた。

二年の雌伏――。

鎌倉大倉御所の中で、頼朝の瞳はこの国をあまねく見通していたのだろう。俄かには信じがたいことだったが、そうとでも思わねば理解しきれぬことであった。

手には、かな文字で綴られた陸奥紙《みちのくがみ》を握っている。藤原範季から届いた報せだ。

書簡は、源頼朝という武士の才覚への驚嘆に満ちていた。同時に、西国へと退いた平宗盛、知盛兄弟の手腕を並べて記し、誰が勝者となるのか分からぬと結ばれていた。いずれが勝とうと、王家にとって困難な大敵となると。

去る十三日、宣旨が頼朝へと下されていた。

東海道、東山道から納められる年貢は、その全てを頼朝が差配し、従わぬ者があれば、頼朝の名のもとに滅ぼす。源頼朝という武士に認められたものは、長い歴史を振り返ってみても前例がないものである。この宣旨によって、頼朝は木曾義仲の本貫である信濃を含めた東国の大半を、支配下に置いたようなものとなった。

それは、朝廷が義仲との断絶を表明したようなものだった。

傍に立つ小山朝政が、大倉御所まで列をなす武士の群れに身じろぎした。

「木曾義仲と後白河院の決裂を、鎌倉殿は予想されていたのでしょうか？」

「予想したこと自体は、驚くことではない。京、そして京以西の正確な報せを、常に受け取っていた。その仕組みを作り上げたことこそ、驚くべきことなのだ」

鎌倉から京まで続く東海道、東山道は頼朝と敵対する諸国の源氏によって、即座に報せが届くことは無い。京から使者が発されたとしても、鎌倉に辿り着くまでには一月近くかかることもあるのだ。

その中で、頼朝は西国からの報せさえ十日で手にするほどの仕組みを作り上げていた。平氏に叛旗を翻した熊野の別当湛増と結び、駿河国や遠江国を支配する武田信義の目を逃れる形で船を動かしているという。迅速な伝達が、頼朝に正しい手を打つことを容易にさせたといっても過言ではなく、人知れず行われていた後白河院との交渉を有利に進めさせた。

差配したのは梶原景時と北条時政の二人。頼朝の智嚢《ちのう》ともいえる二人であり、坂東の武士の背後には、常にこの二人の目が光っている。竹を割ったような性格が多い坂東武士の中で、この二人の言葉には常に幾重もの思惑が重なっている。

ただ、景時と比べると、時政の視線は絡みつくような陰湿さがあるようだと思っていた。平氏方であった景時を寝返らせて頼朝の傍に置き、御家人たちの非難が集まるように仕向けたのも時政だと言われていた。自分は表に立たず、鎌倉を陰から操ろうとでもいうのか。

頼朝の舅でありながら、その身分は鎌倉に集った武士の中でも比較的低く、所領も伊豆の寸土でしかない。一国を牛耳る千葉常胤や上総広常などは相手にもしていないが、範頼の目には時政の姿は、藤原範季と同じ不気味な気配を放っているようにも映っていた。

この二年、範頼に向けられる視線は、味方ではない者を見るものだったように思う。その瞳は上総や千葉らにも向けられていた。力なき武士は、何を見ているのだろうか。

先の侍所の評定では、上総広常と梶原景時が睨み合った。挙兵した折であれば、広常の言葉を遮るなど、頼朝にすらできなかったことだ。鎌倉の武士の中にあった矛盾が、露わになり始めているような気がした。

鶴岡八幡宮を眺め、範頼は溜息を吐いた。

「義仲は、京を取らされたな」

呟き、範頼は書簡へと視線を落とした。

「義仲率いる大軍は京に入るや否や掠奪を繰り返し、後白河院は掠奪を止められぬ義仲に激怒しているという」

「先年より続く西国の飢饉によって、京の民は極度の飢餓に襲われていました。そこに兵粮を持たぬ大量の武士が入り込んだのです。掠奪は当然かと」

朝政の言葉通り、治承五年（一一八一）から続く西国の飢饉によって、京では路上に民の骸が延々と並ぶほどの飢餓に襲われていたという。掠奪によって糊口をしのいでいた義仲方の軍だったが、それで集まるものなどたかが知れている。すでに、近江や美濃、甲斐の武士たちは軍を解き、京には義仲の手勢が残るだけとなっていた。

惨憺《さんたん》たる有様となった京に、頼朝が提案したことはたった一つ。蜂起した東国の源氏諸勢力によって妨げられている年貢の徴収を頼朝が代替し、その名のもとに京へ送るというものだ。飢餓に苦しむ後白河院はじめ朝廷は、頼朝の提案に飛びついた。

頼朝を目の敵にしていた義仲と後白河院の対立は深刻なものとなり、両者の武力衝突も近いと言われている。

「義仲の失策を見極め、間髪を入れずに申し出た兄上の勝利だな。一兵も失うことなく、ひとひらの書簡だけで、兄上は東国の過半を手に入れられた」

範頼の言葉に、だが朝政は不安そうな表情をしている。

その意味は手に取るように分かった。坂東の武士誰しもが見通せなかったことを、武士の棟梁にならんとする頼朝は見抜いていた。だが、頼朝の他にも、そうなることを見抜いていた者がいる。

そしてそれは、頼朝率いる坂東の武士が、必ず斃《たお》さねばならぬ相手だった。

「平宗盛か、もしくは知盛か」

頼朝が敵と名指しした二人である。

平氏を率いる宗盛、知盛兄弟が、いとも簡単に京を捨てたのは、こうなることを見通していたからではないのか。京では大軍を養えず、守ることも容易ではない。

言い知れぬ不気味さを、範頼は感じていた。

京を捨てた平氏は、讃岐国《さぬきのくに》（現在の香川県）屋島に拠点を置き、瀬戸内沿岸の諸国を切り取っていた。すでに長門《ながと》（現在の山口県）の彦島までを制し、率いる兵は数万騎にも及ぶという。

千騎足らずで京から落ちたことを思えば、信じがたい勢いだった。

「捲土重来《けんどちょうらい》を期する平氏の勢いは、尋常のものではないだろうな」

「鎌倉方は勝てるでしょうか？」

「勝たねばなるまい」

小山家は、一族を挙げて頼朝の下に参陣している。

全ては二年前、頼朝との邂逅《かいこう》から始まった。その傘下に入ることを朝政の母寒河尼に勧めたのは、範頼自身だ。小山家に決断を迫った範頼もまた、志田義広の下野侵攻を前に、源範頼として起つことを決めた。

生き延びるためには、後戻りはできない。

平氏に勝利し、頼朝を武士の棟梁に押し上げるしか、道は無いのだ。

胸裏にたゆたう不安は、頼朝が何を見ているか分からないがゆえ。そして、頼朝を支える武士の中に現れ始めた歪《ひずみ》ゆえだろう。拭いきれぬ不安を感じさせまいと、範頼は頬に笑みを浮かべた。

「俺が大手軍を率いるのだ」

心配するなと言ったつもりだったが、朝政の表情は晴れない。

「小山は、六郎殿の指揮を信じております。されど、他の武士は、志田義広との戦を知れど、六郎殿の采配を見たわけではありませぬ」

「全ては大掾殿の差配と言う者もいたな」

「恐れ多いことですが」

この二年、義広を破った戦は、小山大掾政光が京より指示していたと、そう言う者も鎌倉の武士の中には多くいた。義広との戦以降、戦場に出ていないため、範頼の資質を疑っているのだ。範頼は小山家の傀儡でしかない。面と向かってそう言う者はいないが、疑うような視線は幾度も向けられた。

その度、朝政と行平が怒りに肩を震わせ、範頼は二人を宥めてきた。

小山家の傀儡と思われることに、不満は無かった。小山家の力が無ければ義広を破ることなどできなかったのだし、指揮を執ったのも範頼の名を上げるためではなく、小山家を守るためだった。

苦笑し、範頼は頷いた。

「俺の才を疑う者がいるならばそれでいい。むしろ、その方がいいさ」

「どういうことです?」

「坂東の武士は、兄上を頂点とした武士の国を創ろうとしている。その国に翻る旗は、一つだけでいい。兄上に並びうるほどの才があるなどと思われれば、それを排除しようと思う者も出てくる」

「まさか、鎌倉殿の血を引く六郎殿を害するなど」

「断じてないとは、言い切れまい」

朝政が口を横に結び、唸り声を上げた。

それだけではない。藤原範季の思惑が鎌倉の武士に知られれば、範頼は裏切り者として粛清されることもありうる。

「幸い、此度の戦には小山家の武士も多くが参陣する。俺が大将軍を務めるといっても、また大掾殿の力と見做す者も多くいるはずだ」

「六郎殿が悪しざまに言われることに、私は耐えられません」

「お前がそう言ってくれることは嬉しいがな」

朝政の背を叩き、範頼は歩き出した。寒い風の中で、日差しだけが背を焼くように熱い。

「この戦は、俺が臆病と罵られることを、兄上も望んでいる」

敵は平宗盛と知盛。そう念押しした頼朝の言葉の意味が、ようやく分かりかけていた。

頼朝は、この戦で麾下の将を測ろうとしている。

背後、朝政が首をかしげるのが分かったが、範頼は振り向かず、鶴岡八幡宮へ延びる段《だん》葛《かずら》を踏みしめた。


治承七年（一一八三）十一月――。

頼朝を東国の主と認める宣旨が下されて一月、ついに木曾義仲と後白河院の対立は抜き差しならぬところまで進んだ。院御所となっていた法住寺を包囲し、瞬く間に後白河院側の兵を壊滅させた。

義仲は後白河院、後鳥羽《ごとば》帝を捕らえると、摂政近衛《このえ》基通《もとみち》邸に幽閉したという。

その報せが鎌倉に届いた時、頼朝の命令が坂東中に飛んだ。

幽閉された後白河院を救うため、京へと駆け上る。これまでの頼朝に無かった大義名分を手に入れた形であった。

十月以来、頼朝は、再三にわたる後白河院の上洛要請を躱《かわ》し続けていた。その度、兵粮の徴収に難儀していると答えていた頼朝だったが、これを待っていたのではないかとさえ範頼は思っていた。

義仲が後白河院と決裂しない限り、鎌倉勢が上洛したところで頼朝は義仲に並ぶ源氏方の大将軍でしかない。法住寺では、後白河院の近臣や、その弟すら殺され、五条河原に首を晒されている。内裏の女房（女官）は着物を剝ぎ取られ、猛る兵に犯されたという。

一歩間違えれば、後白河院も死んでいたかもしれない。

しかし、待ったがゆえに、義仲を討てば頼朝の地位は源氏の中でも唯一無二のものになっていくだろう。王家の命すらを、掌の中で転がすような頼朝に、範頼は心臓が凍るほどの恐れを抱いていた。

源頼朝という男は、いったい何を望んでいるのか。京への出兵を命じながら、王家の命を弊履《へいり》のごとく賭ける。

頼朝との出会いの時――。

その口からこぼれた言葉を思い出した。

〝王家の政は、この国に平穏をもたらすことこそ正道だ。武士が力を持ちすぎた今、平穏をもたらすには武士を抑え込める者が政をなすことであろう〟

頼朝が見ているのは、武士や公家などではなく、この国の在り方そのものではないのか。

武士のみが戦乱を治めうるゆえに、武士の棟梁として国を作ろうとしている。頼朝が棟梁という血筋に生まれたことを思えば、当然の考えだ。だが、平穏がもたらされた時、新たな戦乱をもたらしうる武士という存在を、頼朝はどう捌いてゆくのか。

膨らむ疑念をよそに、戦備えは想像を超える速さで進んでいった。先だって伊勢へ進発していた義経に遅れること二月、範頼もまた小山朝政らに囲まれて鎌倉を出陣した。

進む東海道には、水気の多い雪が降っている。

馬上、範頼の瞳には曇天が広がっていた。

二

兵の頬が窪んでいる。速さこそが命と、鎌倉から駆け通してきた。

天竜川を越え、遠江国池田宿に辿り着いたのは、治承七年の晦日まで十日もない頃だった。めいめいが倒れ込むように鼾をかく中、朝政が範頼の座敷へと上がり込んできたのは夜も深くなってからだった。

屋根のある場所で休むのも十日ぶりだ。座敷の四隅に置かれた切灯台からは、ちりちりと油の燃える音が聞こえる。

「行平は、兵の中で酔い潰れていますよ」

わずかな灯りの中、上等な紬を羽織る朝政が肩を竦めた。

「兵と近い。それが行平の良いところでもある」

「近くなりすぎれば、死なせることに躊躇《ちゅうちょ》します。私は幾度となく止めろと言ってきたのですがね」

溜息を吐きだし、朝政が大きく伸びをした。

「そろそろ、六郎殿の真意をお聞きしても？」

「真意だと？」

惚《とぼ》けるように言った範頼に、朝政が苦笑した。

「東海道を進む大手軍は本来一万を超えているはずです。しかし、大将軍たる六郎殿が率い、池田宿にいる兵は五百をわずかに超える程度。なぜ、本軍に先んじて鎌倉を出立されたのか」

「池田宿は俺が生まれた場所だ。母の墓もある。大軍に囲まれて、慌ただしく過ごしたくはなかっただけだ」

また始まったとでも言うように、朝政が首を横に振る。

「私も馬鹿ではありません。兵を少なく見せかけ、京の義仲を油断させることが目的だということ程度は分かっています。事実、九郎殿と六郎殿が寡兵であることを受け、義仲は兵を分けています。今や、京の義仲の下には二千ほどの兵しかおりますまい」

「それは初めて知ったな」

惚けても無駄だと言わんばかりに、朝政が顔をしかめた。

「六郎殿が寡兵であることは、池田宿には伝わっていなかった。だが、京には伝わっている。この意味するところが分かりますか？」

「梶原景時あたりであろうな」

朝政の疑念に、範頼は頷いて見せた。雑色を率いる景時あたりが、範頼が寡兵であると、京に噂を流しているのだろう。

頼朝との政争に敗れた形の義仲だが、倶利伽羅峠で十万騎と称する平氏の大軍を破った才覚は、当代随一のものと言っていい。一万の大軍を率いて範頼が進めば、義仲も兵力分散の愚を犯さず、大軍を集中させてきたはずだった。たとえ義仲を討てたとしても、こちらの疵も深くなる。何より、範頼は戦がしたいわけではない。戦わずに勝てるのであれば、それで良かった。

そして、何より悪いのは、こちらが大軍であることを知った義仲が、後白河法皇を捕らえ北陸へと逃げることだ。そうなれば、後白河院を抱える義仲と、安徳帝を擁する平氏に比べて、頼朝の立場は弱いものにならざるをえない。

戦えば勝てるかもしれない。そう思わせて義仲を京に留まらせることが、今は何より重要だった。

「梶原殿であればそうすると、六郎殿は見抜いておられたのでしょう」

「あの男は、俺の策を見抜く目がある。何より、兄上の言葉を一聞けば、十を知るほどの才がある」

「それは、上総殿を殺したことが、鎌倉殿の御意思だったと？」

範頼が言いたかったこととは違うが、忌々しげな表情をする朝政に、範頼は一度口元を結び溜息を吐いた。

出陣前、鎌倉では草創の功臣である上総広常が、景時によって暗殺されていた。百戦錬磨の広常に、刀を抜く間も与えなかったという。広常が率いる兵は鎌倉の武士の中でも図抜けて多く、独力で頼朝と渡り合えるほどの力を持っていた。

頼朝に対する謀叛の廉《かど》で誅殺されたと公表されていたが、それを信じる武士は誰もいない。

「兄上の傍にいる武士の中で、現を見据える者は数多くいる。だがな、朝政。兄上のために汚名を着る覚悟をしているのは、梶原殿だけだ」

現を抜け目なく見通し、必要とあらば己の手を汚すこともできる。この二年で、景時から感じる気配は、鵺のような不気味さを帯びるようになった。

「上総殿の力は強大だった。鎌倉に参集する武士は増え、兄上の力が強固なものになったとはいえ、上総殿が一人裏切れば坂東は再び騒乱に陥ったはずだ」

「上総殿は誰よりも鎌倉殿に忠誠を尽くしていたはずです」

「朝政……」

朝政がむきになっていた。小山家が下野に持つ力は、広常に比べても遜色《そんしょく》ない。広常の次は小山家ではないかと警戒しているとしても不思議ではなかった。

案ずるなと、範頼は首を振った。

「上総殿と、兄上は、見ていた国の姿が違ったのだ」

「国の姿?」

「兄上は、この国の全てを見ておられる」

口に出した言葉が、ひどく乾いているように感じるのを堪え、範頼は続けた。

「兄上の目指す国の姿は、武士が朝廷に並び立ち、政が行われるものだ。両者が並び立つことによってこそ、この国に平穏がもたらされると信じておられる。だが、上総殿が見ていたのは、坂東だけだった。兄上を王と成し、坂東を異なる国にしようとしていたという。ゆえに、此度の出兵にも反対していた」

険しくなった朝政の顔に、範頼は首を振った。

「奥州には藤原や佐竹が未だ健在だ。京へ大軍を送り出した今、上総殿が裏切れば我らは戻る場所を失い、容易く滅びる。梶原殿は、その懸念を払拭しようとしただけだ」

口にした言葉は、範頼が信じたい言葉でもあった。

上総広常の暗殺を聞いて、範頼自身、頼朝による粛清が始まったようにも感じたのだ。頼朝に取って代わる力を持つ者を刈り取り始めたのだと。粛清の刃が向けられるのは、広常や小山朝政のように一国を支配する大名であり、範頼や義経のように、頼朝と同じ血を引く者だろう。

だが、平氏との戦は始まってもいない時に、誰よりも深い洞察力を持った頼朝が、下手をすれば麾下の結束が崩れ去るような真似をするだろうか。

上総広常の粛清の背後には、言い知れぬ闇が広がっているように思えた。

「朝政、短慮は起こすなよ」

頼朝なのか、景時なのか。それとも他の何者かなのか。鎌倉に潜む闇の正体を見据えるまでは、誰とも対立すべきではないと思った。

「私は行平とは違います」

「そうであってくれることを友として願うが――」

ざらつきのある土器《かわらけ》に酒を注ぎ、朝政に勧めた。朝政が一息に飲み干した。


水の多い雪が、地面に染みを作っている。腕にまとわりつく冷たい雫を払い、範頼は参道をまっすぐに歩いてくる二人の武士へと視線を向けた。

尾張国（現在の愛知県西部）熱田神宮。

東国の官物（年貢）を進上するため、鎌倉を先に発していた源義経との合流地だった。

義経と、その腹心である佐藤継信。前を歩く義経が、範頼の横に立つ梶原景時を見つけ、凄惨な笑みを浮かべた。隣で、景時が喉を鳴らした。

近づいた義経の気配に、範頼は身構えるような気持ちになった。

継信の深山を思わせる穏やかな気配は、一つの道を究めた者の放つそれに近い。比べて、義経の放つ気配は酷く棘々しいものだ。

二十を超えているはずだが、すらりと通った鼻筋と紅みの取れぬ頬はもっと幼くも感じる。だが、そのうちに秘められた猛々しさは、範頼に戸惑いさえ覚えさせた。

「景時。上総広常を討ったと聞いた。褒めて遣わす」

頼朝の弟とはいえ、義経は景時の主ではなく頼朝麾下としては同列の立場だ。だが、その口ぶりは家人に対するものに近い。ちらりと横を見た範頼の瞳に映ったのは、口を一文字に結び、会釈する景時の姿だった。

「王家を軽んじる者など、この国にはいらぬ。お主が誅しておらねば、私が殺していた」

そう言って義経が笑った。

何も答えない景時に鼻を鳴らし、義経が範頼へ向きなおる。

「兄上、お待ちしておりました」

言葉は丁寧だが、その瞳の奥には静かな怒りがある。背後に立つ朝政と行平が飛び出さぬよう、範頼は一歩だけ左へ動いた。義経と継信の底知れない気配は、二人の手に負えないかもしれない。範頼の腰の刀には、相変わらず布が巻きつけられている。

目を細め、範頼は首を左右に振った。

「上総殿は鎌倉殿への謀叛の廉で誅されたのだ。九郎、お前が口を挟むことではない」

「これは、兄上のお言葉とは思えませぬな。侍所での言葉をお忘れか。鎌倉殿を坂東の王となそうなど、痴れ者どころか犬畜生にも及ばぬ戯言をお聞きになったはずだ」

あまりに激しい義経の言葉に、範頼は思わず口を閉ざした。

義経の気性の激しさは知っている。上野の足利一族を討った戦では捕らえた武士に蓑を着せて火を放ち、鎌倉方の武士の目を背けさせたこともあるほどだ。だが、広常へ向ける憤怒は、その時以上のものがあるように感じる。

それは、狂信とも呼ぶべき何かだ。

人のよさそうな継信が、傍で微笑んで見守る様も、不気味さを助長している。

「我ら武士とは王家より生まれ、王家の守護を定められた者のことです。広常を誅することは武士として当然のこと。兄上は、それを否定されますか?」

じりと膝を落とした義経に、背後、行平の気配が膨れ上がった。

獣の鳴き声のような風が吹いた。

「九郎様」

響いたのは、あまりにも柔らかな言葉だった。義経の隣で継信が微笑み、その手は義経の刀の柄を押さえている。

張りつめた空気が徐々に小さくなる。

悪戯がばれた童のように、義経が視線を落とした。

「継信、お前にたしなめられずとも、味方を殺すほど愚かではない」

「存じております」

主従の言葉に心の底が寒くなったのは自分だけだろうか。目の前の主従は、範頼含めた四人を、立った二人で殺せると本気で思っている。

継信が満足げに頷き、義経が嘆息した。

「王家火急の時。少々、急《せ》いていたようです」

同じ男とは思えぬ豹変ぶりに戸惑っていると、義経が再び頭を上げた。その瞳からは激情が消え、底冷えした光だけがある。

「義仲の前に、兵を持たぬ私は無力。兄上の御到着を、首を長くしてお待ちしていました」

義経は、二カ月早く畿内に入っており、木曾義仲が後白河院の拠る法住寺殿を攻めた時は、すでに伊勢にいた。王家への忠誠を語る義経は、この二カ月歯噛みしていたはずだ。だが、景時の前で、あからさまにそれを見せることの意味を分かっているのか。聡明な継信は分かっているはずだが、その瞳に動揺はない。継信の背後には、奥州十七万騎とも謳われる藤原秀衡の兵がいる。自信に満ちた気配は、それがゆえなのか。

景時を一瞥し、範頼は息を吐いた。

「王家を守護する武士の定めを否定はせぬ。ゆえに、俺も五百騎でひた駆けてきたのだ。後には一万を超える兵が、寝る間を惜しんで今も駆けてきている」

範頼の言葉に、義経が瞼を閉じ頷いた。

口を開いたのは、その横で頭を下げた継信だった。

「我らは二月前に伊勢に着き、在地の武士を回ってきました。朝廷によって、鎌倉殿の東海道および東山道の支配が認められたことを触れ、伊勢の有力者である平信兼《のぶかね》、平田家継《ひらたいえつぐ》の助力を取り付けております」

伊勢の武士の中でも、有力な二人だった。

「よくやった。率いてきた軍の再編を終えれば、すぐにでも京へ向けて進発する。九郎、搦手の指揮は任せるぞ」

義経が瞼を開いた。

「承知しました」

「副将として、梶原殿を九郎の傍に置く。朝政、行平」

景時の名に、継信の瞳が鋭く光った。義経が言葉を発する前に、範頼は二人の友を呼んだ。

「九郎を本陣へ案内せよ。大内《おおうち》殿や安田殿が待っている」

前に出た朝政たちが、義経を先導するように歩き出した。続いて義経が歩き出し、遅れて継信が続く。残ったのは、景時と範頼の二人。景時がこめかみを掻き、嘆息したようだった。

「梶原殿が感情を露わにされるとは、珍しいですね」

本心からの言葉に、景時の鉄面皮が少しだけ崩れたような気がした。

「殿は、いつもそれがしに難題を突き付けられる」

「何を頼まれたのです？」

上総広常暗殺を任されたほどの男だ。答えられない密命を、いくつも帯びているであろうことは容易に察することができる。何かが聞けると期待はしていなかったが、景時は首を振って真っ直ぐに範頼を見つめてきた。

「ご兄弟が争わぬようにと」

「兄上が？」

「左様。お三方の見ているものはあまりに違う。殿は武士の国を、九郎殿は王家を、そして六郎殿はただ縁のある武士の命だけを見ている」

「その口ぶりでは、俺がこの国のことを、何も考えていないようではないか」

「間違いのないことでしょう？」

問い詰めるような口調に、範頼は肩を竦めた。景時が再び溜息をもらす。

「九郎殿の傍には佐藤継信がおり、その背後には王家と繋がりを持つ奥州藤原が控えている。殿の目指す国の姿が、王家にとって不都合なものとなれば、東国を巻き込んだ戦にもなりかねませぬ」

だからこそ恐ろしいのですと、景時は続けた。

「二年前、志田義広を破った六郎殿の軍略は、背筋が凍るほどのものでした」

「あれは小山家の力があればこそ」

「小山家は、六郎殿がいたからこそ戦えたとそれがしは思っております。もしも六郎殿がいなければ、小山殿は志田義広に敗れ、そして殿に滅ぼされていたはずです」

「朝政は弱くはない」

範頼の言葉に、景時が目を細めた。

「時勢を見抜き、友のために源氏の名を名乗らねばならなくなった時、六郎殿は躊躇されなかった。この先、鎌倉殿と九郎殿の道が違うようなことがあれば、六郎殿はどちらの道を進むのかとそれがしは恐れています。友のためであれば――」

そこから先を口にはせず、景時が曇天を見上げた。

「六郎殿、それがしは九郎殿の搦手軍に入り、大手軍を装えばよろしいのですね？」

景時の言葉に、範頼は胸の奥が熱くなるような気がした。やはり、景時の底は恐ろしく深い。範頼が思い描く戦を、見抜いている。見抜き、そしてお前に匹敵する才が自分にはあるのだと言わんばかりに、願うような視線を向けている。

熱くなった血の滾りを抑え、範頼は思わず苦笑した。

「梶原殿が九郎の下にいれば、俺は臆病者のふりをして、武士たちから信頼を失うことができる」

いかなる状況になったとしても、頼朝に取って代わるような道を選ぶことは無いと、言下に伝えたつもりだった。それは、じっとこちらを見つめる景時にも伝わったようだった。

「そのお言葉を聞いて、少しだけ安堵いたしました。ですが六郎殿」

景時が身体を寄せ、声を落とした。

「鎌倉から延びる道は、その二つだけではありませぬ。義仲を討ち、平氏を討てば、それも露わになってくるのでしょう」

「その道を閉ざすことが、梶原殿の役目なのであろう」

「それがしが、生きてあるうちは」

力なく笑った景時がすっと身体を離し、背を向けた。

その言葉の意味は何なのか。喉を落ちていく唾を感じながら、範頼は息を吸いこんだ。

三

熱田神宮を発して近江に入るまで、従う兵は増え続けた。

伊勢で兵を募っていた義経と熱田で合流し、再び分かれたのが半月前だ。範頼が率いていた一万の軍は、すでに二万を超えている。見事な大鎧の武士が馬上に揺れ、白い旗が延々と西へと続いていた。

「壮観ですね」

傍に寄ってきた下河辺行平が、わずかに頰を紅潮させている。

一月十九日。近江国瀬田まで十里（約五キロメートル）となった時、範頼は軍議を招集した。

篝火が四方に置かれ、天幕の内側は明るい。

甲斐源氏の武田信義を筆頭に、一条忠頼《いちじょうただより》、板垣兼信《いたがきかねのぶ》、稲毛重成《いなげしげなり》、榛谷重朝《はんがやしげとも》、土肥実平ら大鎧を着こむ四十名を超える武士は壮観だった。朝政は小山家の名代として並んでいる。

京を目の前に、諸将の気が逸っているようだった。

「去る十日、木曾義仲は征東大将軍へと補任されました」

聞きなれぬ言葉に、諸将が怪訝な表情をした。

「延暦《えんりゃく》の坂上田村麻呂《さかのうえのたむらまろ》、天慶の藤原忠文《ただふみ》以来の三人目の大将軍。征東とは、不遜にも鎌倉殿を討つことを掲げる名です」

「くだらぬ」

吐き捨てたのは、老年の武田信義だ。

白い睫毛と皺に隠れた瞳が鋭く光っている。頼朝よりも先に平氏打倒の兵を興しており、この場でも若い範頼が指揮を執ることを認めていない男だ。

「六郎殿、何を悠長に軍議など開いたのじゃ。ここは瀬田に構える義仲の手下を押し潰して、一挙に京へなだれ込むがよろしかろう」

矍鑠《かくしゃく》と響く信義の言葉に、諸将が頷く。この場の総意ということなのだろう。義仲を取り巻く情勢だけを見れば、その判断は正しい。

鎌倉軍の進路は二つ。瀬田を越えて東から京を目指す範頼と、宇治を突破し南から進む義経。義仲は、ただでさえ少ない手勢を二つに分けている。瀬田には腹心の今井兼平《いまいかねひら》、宇治には仁科盛家《にしなもりいえ》を。いずれも一騎当千の武士だが、率いるのは二千を超える程度だ。

義仲自身は京にあって、後白河院を軟禁する六条殿を警固しているという。

義仲の狙いが、京を枕に徹底抗戦などという潔いものでないことは明らかだった。後白河院を北陸へ連れ去り、雪に遮られた大地で再起を図る。北陸へ逃げられれば、鎌倉勢は手を出せない。

黙る範頼に、信義が苛立つように喉を鳴らした。

信義の言葉通り、二万の大軍で一挙に押せば、瀬田の今井を討つことは容易だろう。だが、急いて包囲に隙ができれば、義仲を北陸へ逃すことにもなりかねない。そうなれば、力を取り戻しつつある平氏と、頼朝、義仲の三竦みは続き、戦は底の見えない泥沼となる。

義仲だけは、ここで確実に討つ必要があるのだ。

わざと大きめに唸り声をあげ、範頼は息を吐き出した。

「我らはここを動きませぬ」

「何と言われる」

吐き捨てるような声を上げたのは、やはり信義だった。その隣では、土肥実平が目を細めている。頼朝挙兵以来の腹心であり、梶原景時とも肝胆相照らす仲と言われている。

景時は義経率いる搦手軍の目付であり、範頼率いる大手軍にあっては実平がその役だ。

範頼が頼朝を超えようと望むようであれば、上総広常を殺した刃は、範頼に向けられることになるかもしれない。

「日取りが悪い」

「日取り？」

呆気にとられたかのように信義が呟き、すぐさまその顔が怒りで染め上げられた。朝政が顔を掌で覆っている。

「六郎殿、京を目前にして臆病風に吹かれ申したか」

「瀬田を守る今井兼平は、義仲の右腕とも言われる武者です。いかに万余の軍勢があろうと、天の時、地の利、人の和の全てが無ければ勝つことは難しい」

「瀬田を守る今井はせいぜい二千ほど。いかに精強であろうと、四千もあれば討てようて。時に不利な時、知らぬ場所、味方の無い状況でも戦わねばならぬ。それが戦じゃ」

吠える信義の傍では、土肥実平が天幕を見上げて腕を組んでいる。

信義が短く息を吐き出し、舌打ちした。

「六郎殿、お主は二万余騎を率いる大将軍じゃ。鎌倉殿の名代として、ここにあるのじゃろう？　お主の役割は戦に勝ち、鎌倉殿を武士の主とすることであり、かような場所で足踏みすることではない」

「左様です。ゆえに、些細な戦であろうと敗けるわけにはいきませぬ」

「敗けぬと言っておろうが」

声を震わせる信義が、拳を握った。

「六郎殿が動かぬというのであれば、我が甲斐の手勢だけで彼奴らを打ち破ってくれようぞ」

老将の言葉に、それまでいかなる感情も見せなかった実平の頬が小さく動いた。範頼はそれを見逃さなかった。

「武田殿率いる四千の兵で、瀬田を抜くと？」

「そうじゃ」

睨み合うような形になった。気圧されるように、範頼は徐々に俯いた。並ぶ諸将は推移を見極めようと、押し黙っている。

範頼の見立ても、信義と同じだった。

瀬田を守る今井程度であれば、四千もあれば抜くことができる。京の義仲との戦も、宇治から北上する義経がいれば十分に勝てるだろう。残る一万六千は埋伏し、逃げる義仲を討ちとる伏兵とすべきだった。

そして、この一万六千の埋伏には、それ以上の意味がある――。

臆病者のふりは、この程度で良いだろう。息を吐き出し、顔を上げた。

「ならば、武田殿。一番駆けの功名はお任せしましょう」

実平が何かを言葉にしかけ、口をつぐんだ。

頼朝を傍で支える武士の中には、麾下の力を削ごうという思惑が見え始めている。上総広常の暗殺もその流れであろうし、所領で見れば頼朝以上の力を持つ甲斐源氏は、広常同様に危険な存在だ。信義の力を削げる機を逃すはずもなかった。

舌打ちが響いた。

信義の口角には泡が立っている。

「ならば、我らは独力で今井を抜いて見せましょうぞ。六郎殿は我らの後塵を拝されるとよいわ」

小山大掾がおらねば、ものの役にも立たぬ。

範頼に聞こえるように吐き捨て、信義が憤然と背を向けた。

諸将が出ていき、土肥実平と小山朝政だけが残った。

「六郎殿、よかったのですか?」

口を開いた実平に、範頼は肩を竦めた。

「熱田でも申し上げたはずです。俺は大将軍として名声を得ようなどとは考えていない。率いる軍が勝ち、鎌倉殿が武士の棟梁となれば、それでいい」

一万六千の埋伏は義仲を討つためではない。この策は、西国から迫る平氏を福原の地で殲滅《せんめつ》するため、範頼が熱田で景時へと語ったことだった。平氏の目を欺くため、鎌倉からの出陣も偽装を重ね、東海道を慎重に進んできた。

摂津国《せっつのくに》(現在の兵庫県)福原に拠る平氏は、八千騎を超えるほどだが、こちらが大軍であることを知れば、西国からさらに兵を呼び寄せる恐れもある。味方の犠牲を少なくするには、こちらが少数であると思わせ、一戦で平氏を滅ぼすしかないと思っていた。

鼻から息を抜いた。

実平の背後には梶原景時や北条時政がいる。頼朝を頂《いただき》として坂東を束ね上げ、主の力を越えると思えば、挙兵以来の功臣である上総広常も躊躇なく殺す男たちだ。

「賢明な方だ」

頭を下げた実平が、にこりと笑った。

「同時に私は、六郎殿。貴方の才を知ってしまった。景時も同様です。西国を制しつつある平氏を討つため、六郎殿が描いた絵図はまこと見事なもの。捲土重来を期す平氏も、福原で滅びることでしょう」

「鎌倉殿の言葉があればこそです」

力なくこめかみを掻いた範頼に、実平が笑みを納めた。その瞳には、深い沼のような静けさが広がっている。

「その才が、鎌倉殿へ牙を立てぬことを、それがしは願っております」

会釈し、実平が天幕を後にした。

四

寿永三年（一一八四）一月二十六日——。

強い死臭が鼻をついた。

馬上、左右に並ぶ広大な屋敷を見上げれば、王城の壮麗さを保っている。だが、わずかに視線を落とせば、路傍に辻冠者原《つじかじゃばら》（無頼人）の群れが横たわっていた。冬にもかかわらず、襤褸《ぼろ》のようになった直垂をまとい、肋の浮き出た胸を剝き出しにしている。彼らがすでに死んでいることは、漂う嫌な臭いで知れた。疫病《えやみ》のもととなる骸が腐臭を漂わせるほど放置されていることは、朝廷がまともに動いていないことを示していた。

いつからこのような有様になったのか。

思わず鼻を袖で隠し、範頼は目を背《そむ》けた。二年間、京で暮らしたことがある。父義朝が討たれ、平清盛が氏長者となった平氏が、この世の春を謳歌していた頃だ。十九年ほど前の記憶だが、鼻腔の奥には、大路に満ちる麝香《じゃこう》の匂いが今も残っている。

「天と地だな」

西国の飢饉に端を発した飢餓が京を襲い、そこに義仲の大軍が入ったことで掠奪の嵐が吹き荒れた。武士でなければ生きていけぬと、京からは多くの民が逃げ出したという。逃げる中で、老いた者は口減らしのために殺され、童は東国の人商人《ひとあきびと》へと売られていった。

この惨状は誰がもたらしたのか――。

ここに、自分の望むものは何一つない。進むほどに積み重なる骸を横目に、範頼は歯を食い縛った。

木曾義仲の死に顔は、どこか安堵していたようだった。

一月二十日、源義経率いる八千の軍が、義仲麾下の仁科盛家を破り、京の南に流れる宇治川を越えた。ほぼ同刻、近江国瀬田では、範頼の軟弱さを憤った武田信義が今井兼平を一蹴している。

わずか一日で麾下の大半を失った義仲は、それでも千騎の兵を率いて、六条河原で義経と干戈を交えた。付き従っていた摂津、美濃、尾張の武士は離反し、その手勢は古く信濃から付き従っていた者で固められていたという。

六条河原の義仲の奮戦は、筆舌に尽くしがたいほどに凄まじいものだった。

八倍の義経軍に一歩も退かず、たった一戦で義経軍からは二千以上の死傷者が出ている。古く、大陸の項羽を彷彿させる鬼神のような戦ぶりで、義仲の隣には虞美人《ぐびじん》もかくやというほどの女武者が控えていたという。義経も窮鼠《きゆうそ》を追い詰めることはせず、義仲は京を脱している。

向かう先は源範頼率いる四千の軍が布陣する瀬田であった。

五百ほどに数を減らした義仲の目に映ったのは、いかなる光景だっただろうか。南北に延々と広がる白の流旗。埋伏を解いた一万六千を併せた二万騎の姿に、義仲は付き従う五百の兵を逃がした。

遠目に見ていた範頼の目には、それがどこか晴れ晴れとした表情に見えた。

義仲の傍には、たった一騎、今井兼平という武士が付き従っていた。五百を逃がすためか、粟津《あわつ》の方角へと駆け始めた義仲を、範頼は二千の兵に追わせた。

義仲の首が届いたのは、夕陽の落ちた彼誰時《かはたれどき》であった。

青白く化粧を施された義仲の首は、この世への未練を感じさせず、武士の棟梁の座を巡って頼朝と争っていた男とは思えぬほどのものだった。本当に義仲なのか、そう問いかけた範頼に、捕らえていた五百の兵は、泣きながら旭将軍の名を叫んでいた。

なぜ、あのような表情をしていたのか。

踏みしめる京の大路に、範頼は陰鬱な気配が肩にのしかかるようだった。義仲は、この惨状をもたらした己を悔いていたのか。

いや——。

範頼は拳を握り締めた。

義仲は分かっていたのだ。己が、底の無い沼に足を踏み入れてしまったことに。義仲が入京せずとも、京の惨状は変わらなかっただろう。全土に武士が広がり、年貢を横領している以上、京に新たな年貢が届くことは無い。

頼朝が東国を制し、平氏が西国を制している。義仲が、勝利する道があるとすれば、それは東西の武士を全て滅ぼすことだった。武士の棟梁と名乗りを上げた義仲にとって、それは己の存在を根底から覆すものだったはずだ。

最期、五百の兵を逃がした義仲の姿は、今も瞼の裏に残っている。

武士を滅ぼす者とならず死んでいったことに安堵したのだろうか。義仲が何を考えていたのか、首だけとなった三つ下の従弟に語り掛けたが、白く濁った瞳が応えることはなかった。

昼の日差しが背を焼く頃、範頼は院御所となっている六条殿に辿り着いた。

義経や梶原景時はすでに到着している。朝政のみを連れて範頼は、青侍（公家に仕える武士）に導かれるままに進んだ。通された場所は、小石の敷き詰められた石庭だった。

義経と景時が跪《ひざまず》いている。

二人の姿を見た時、範頼はなぜか肌が粟立った。

義経が、笑っている。

翳を抱えていた男の笑みが、いかなる意味を持っているのか。そして、その隣で義経を冷え冷えとした瞳で見つめる景時は何を考えているのか。

喉に絡まった唾を、範頼はやっとの思いで飲み下した。

義経の隣に跪いた時、見計らったかのように足音が一つ響いた。砂利の上を擂るような足音だ。顔を上げてはならぬことは知っていた。鈍重な音が目の前で止まった。

「帝への比類なき忠義は、まこと大儀である」

優しげな声音だった。同じ言葉を、義仲にもかけたのだろうか。

鼻腔を、白檀の軽やかな香りがくすぐった。怒りが込み上げてきた。死臭に満ちる京にあって、その惨状の元凶となった男は、まるで別の世の住人のような優雅さをまとっている。

膝に、砂利が食い込むようだった。

「ふむ」

不意に、俯く視界の中に老いた男の顔が映り込んだ。豪奢な袈裟を身に着け、飢餓に喘ぐ京の住人とは思えぬほど、肌には艶がある。ふくよかな風貌を持つ後白河院が、白く太い眉を歪ませ、嗤った。

「王家こそ、国の姿じゃ」

隣で、義経が深く頭を垂れた。

「王が飢えれば、世もまた飢える。ゆえに、王が飢えることは許されぬ」

まるで範頼の心の中を覗き込んだかのような言葉だった。後白河院の身体が離れた。背を向けたのか。

「そなたら武士もまた、王家より生まれ出でたがゆえに、戦乱の世にあっても飢えず、生きることを許されておる」

静謐を保つ石庭の中に、後白河院の言葉だけが響く。

「よいか。源氏の子らよ。そなたら武士が自ら飢えることなく、民を虐げながら生きることを許されるは、王家を護るために死ぬことを許されぬからじゃ。その力を失った武士に、価値はない」

この男は、何を言っているのか。咄嗟には理解できぬ言葉に、冷たい汗が背を流れた。

「先内府《さきのないふ》（平宗盛）は、その力を失ったがため、木曾の悪党に京を追われた。そして、その悪党も王家へ牙を剝いたがゆえ、六条河原に梟首《きょうしゅ》されることになった」

後白河院の言葉が、身体に絡みつくようだった。言葉はどこまでも軽い。だが、身体の自由を奪っていくような嫌な気配があった。

「そなたらも心するがよい。王に牙を剝く狗《いぬ》は撲《う》ち殺される」

くつくつと笑う男が満足げに頷くと、鼻を鳴らした。

「王が死ねば、この国も死ぬのじゃ。であれば、余は何人を殺してでも生き延びるしかあるまい。この国は、そうして生きながらえてきた」

言葉を聞けば聞くほど、心が冷えていくようだった。この男を救うために、鎌倉から駆けてきたのか。握り締めた拳に、範頼は瞼を閉じた。

暗闇の中にあるのは、範頼が望む将来である。下野の原野、老いた友が二人駆けている。その少し後ろで、範頼は共に老いた姫を前に乗せ、ゆったりと手綱を握り締めていた。

ただ生き、そして死んでいく。

そのために、ここまで来たのだ。見失うな。そう心の中で呟いた時、後白河院の声が止まった。石庭に広がる沈黙を破ったのは、やはり後白河院であった。

「西より来る平氏を一人残らず討ってみせよ。さすれば余はそなたらの名を知ろう」

「一つ、お願い申し上げます」

遠ざかる足音の中、口にした言葉に空気が凍り付くのが分かった。

足音が止まった。耳は貸すということなのか。こちらを振り返る気配に、範頼は張りつく喉を鳴らした。

「我らは明日、兵を率いて平氏の盤踞《ばんきょ》する福原へと出陣いたします」

当然と言わんばかりの無言に、範頼は静かに息を吐き出した。

「先内府へ、和平の院宣をお下しください」

「ほう」

面白がるような声だった。

範頼の言葉の意味は、後白河院も間違いなく理解したはずだった。和平と偽り、油断する平氏へ戦を仕掛ける。騙し討ちのようなものだった。だが、確実に勝利するために、打てる手は全て打っておきたかった。

足音が響いた。

「相分かった」

耳朶を打った嬉しげな言葉は、後白河院の性《さが》を表してあまりあった。

範頼の両肩にのしかかった重さは、新たな戦乱への恐れなのか。

後白河院は、王家のために人が死んでいくことを是《ぜ》と言い放った。だが、頼朝は王家こそ、民に平穏をもたらすべき存在であると信じている。後白河院の望むものは、兄頼朝の見ている景色とはあまりにもかけ離れていた。

平氏を滅ぼしたとして、その後には、後白河院と頼朝の間に歪が生じるのではないか。すでに鎌倉の中にさえ、範頼は歪を感じているのだ。鎌倉の武士が対立した時、頼朝と相容れぬ後白河院がいかに立ち回るかは、火を見るより明らかだった。そしてその騒乱が、平氏との争乱以上のものにならないと、断じることはできなかった。

足音が消え去った。

顔を上げた範頼が感じたのは、強い視線だった。義経。燃えるような瞳でこちらを見ている。狂信的なものを感じさせる双眸が、西へと向いた。

「闇の中、松明が一つ燃えていれば、人はそこに集う。兄上、王家はこの国にとっての松明のようなものでしょう」

そう言う義経の双眸には恍惚がある。出会って以来、義経のこんな表情は見たことがなかった。主であるはずの頼朝にも向けたことがないものだ。

ここにもまた――。

梶原景時が顔を背け、義経の瞳がこちらを向いた。

「瀬田の戦では、今井ごときを恐れて軍を動かさなかったと聞きます」

範頼と景時との軍議を知らぬ義経の言葉には、多分に毒が混じっている。

「臆病風に吹かれて私の道を妨げれば、容赦は致しませぬ」

義経が立ち上がった。砂利が耳障りな音を響かせる。

「九郎殿の道とは？」

去り行く義経を追いかけた景時の声に、だが足音は止まらなかった。聞こえてきたのは、義経の嘲笑だった。肩越しに振り返った範頼の目には、濃紺の直垂を風に揺らす義経の背が映り、そして束の間で消えた。

景時の嘆息が聞こえた。

「六郎殿」

景時の言葉に、朝政が身を強張らせた。

「それがしの務めは、鎌倉殿の歩む道を拓くことです」

上総広常を暗殺した男の言葉には、透徹した覚悟がある。敵であった頼朝を救い、頼朝が手を汚さぬよう、自らの手を汚している。頼朝が坂東武士の光だとすれば、景時は影だ。

されど、とこぼした景時の声には、切実なものがあった。

「進むほど、道は枝分かれしてゆく。六郎殿。それがしは、鎌倉殿こそが、答えを持つ者だと信じております」

「答え？」

景時が頷き、拳を握る。

「誰がこの国の主たるべきか」

声は範頼にしか聞こえないほど小さい。王家の御座所で吐く言葉としては、あまりに不遜なものだが、だからこそ景時の覚悟が浮き彫りになっているように思った。

「源氏か、平氏か。武士なのか王家なのか。それとも、もっと別の何者かなのか。答えを出さねば、この国は終わりなき戦乱へと身を堕《お》としましょう」

鎌倉を発し、東海道を進んできた。進む大軍の苛酷な徴発によって、多くの民が飢え、死んでいる。その度に、景時は武士の中でただ一人、手を合わせていた。坂東の武士たちに偽善と罵られながらも、虚空に祈る景時の姿を、範頼は幾度となく見ていた。

兵を動かさなければ、民が死ぬこともなかった。景時はそれを十分承知したうえで、それでも兵を動かさなければ、この先の戦乱が已《や》むことはないと信じているのだろう。

己のためではなく、誰かの将来のために、己が手を汚している。出会った時、景時の背後に途轍もなく大きいものが広がっているように感じた。あれは、景時が背負うものだったのか。景時の姿に、範頼は一度口を結び、開いた。

「俺は武士でも公家でもない、と今もなお思っている。ただ、友とともに生きることができればそれでいい。生きるため、俺は源範頼を名乗らねばならなかったにすぎぬ」

今ならば分かる。平氏の目をかすめて源氏の貴種である範頼を養育し、下野へ送り出した藤原範季の意図は、種を蒔くことだったのだ。いずれ何者かが台頭してきたとしても、その力を削ぐ芽となることを期待していたのだろう。

自分が選ばれたなどと言うつもりはない。たまたま兄である頼朝が力を得て、友を守るためにはその麾下に入る必要があっただけだ。源範頼という名を名乗らなければならなかったのも、偶《たま》さかに過ぎない。

だが、それは藤原範季が蒔いたいくつもの種のうちの一つであることは間違いないだろう。頼朝が王家に背いた時、源氏の貴種である源範頼という武士は、鎌倉の力を削ぐためにも利用できる。

もしかすると、景時はそこまで見抜き、警戒しているのかもしれない。範頼が藤原範季の下で過ごしていたことも、景時は頼朝から聞いているだろう。

景時の瞳には、祈るような光がある。頼朝を裏切るなと、そう言っているようにも聞こえた。

「そうしてわずか二千騎の兵で、三万騎を率いる志田義広を破られた。此度も、鎌倉を発した武士の中で、六郎殿だけが初めから平氏を討つ策を描いておられる」

景時が握り締めた拳を、砂利の上から離した。散らばった小石が、小さな音を立てた。

「武士とは、己が手で己が道を拓ける者のことです。血筋や家などは些細なものにすぎませぬ。されど、誰もが己の道を行こうとすれば、国はまとまらぬ。六郎殿。これだけは心されてください」

区切った景時が、息を深く吸い込んだ。

「それがしの前には、ただ鎌倉殿だけがある。その道を遮る者があれば、たとえ殿の弟君であろうと斟酌《しんしゃく》しませせぬ。たとえそれが、北の方の一族であろうとも」

「梶原殿、それは――」

景時の言葉は、頼朝の正室である北条政子《まさこ》と、父時政一族へ向けられたものだった。絶句した範頼に、景時が頬を緩めた。

「それがしに道はございませぬ。それだけを、知っていて欲しい」

誰もが、己の道を進もうとしている。今は平氏討滅という道を横並びで進んでいる。だが、それを越えた先、どうなっていくのか。

景時が去った。

自分は、友とともに生きる道を選んだはずだ。だが、それは誰の道を進めば叶うのか。くすんだ砂利の中に、太陽の光を受けて輝く石がある。目を細めた時、それが一つや二つでないことに、範頼は気づいた。

第四章

扇

一

寿永四年（一一八四）一月二十六日——。

四方に張り巡らされた麻の陣幕が、凍てつく風を孕んでいた。

宇治川のほとり。陣幕に集まった武士の顔は、どこか張りつめている。天朝が始まって以来最大の戦になる。

二十八年前、平清盛と源義朝が味方として戦った保元の乱は、王位の継承に端を発した戦であった。二十五年前、袂を分かった清盛と義朝がぶつかることになった平治の乱もまた、公卿の権勢争いに武士が巻き込まれただけだ。

この戦が、武士が自らの意志で戦うことを決めた初めての戦であることに、誰しもが不安を抱いている。

五十余の武士が鎧に身を包み、範頼の前にいる。

朝廷に翻弄され、一族を戦の中で失ってきた坂東の武士は、武士による政を成そうと刀を手に取った。その旗印として、源頼朝を選んだ。だが、坂東の武士にも意を異にする者はいる。坂東を王家から隔絶した地となし、頼朝を新たな王と望む者がいる。頼朝をこの国全ての武士の棟梁となし、王家に並ぶ武士となることを望む者がいる。

そして、義経のように王家を救うために、頼朝の下に身を寄せている者もいる。

彼らは、平氏という共通の敵がいるからこそ、今はまとまっている。だが、平氏が滅びれば、鎌倉の武士たちが抱える矛盾は、一気に表面に噴き出すはずだった。

決戦を前に、どこか浮かない表情をしている者が多いのは、自分たちが抱える矛盾が表出した時、誰が敵となるのかも分からないと気づいているからだ。

だが――。

範頼は諸将を見渡して、唇を噛んだ。平氏を討たねば、何も始まらない。戦の勝敗は時の運と言う者もいるが、範頼にしてみればそれは備えを怠った者の言い訳に過ぎないと思っていた。

鎌倉を出陣した時から、範頼は平氏の動きを注視していた。在京する藤原範季に、初めて範頼から書簡を出した。一日おきに、平氏の新たな報せを送ってくれるように頼んだ。

東海道を五百騎で先駆けした範頼の思惑通り、平氏は鎌倉勢が寡兵であると見定め、福原にわずか八千騎で上陸を果たしている。義仲を討った戦で埋伏させた一万六千騎は、昨日まで瀬田に埋伏を続けさせ、平氏の目には映っていないだろう。

平氏が掴んでいるのは、義経率いる七千と、瀬田を破った範頼率いる四千。平氏が頼朝に大敗した富士川の戦いとは違い、平氏の軍は強力な家人によって編成されている。そして西国を実力で切り取ってきた自信もある。三千の兵力差などものともしないと思っているはずだ。

一万六千の埋伏軍は、勝負を決めるだけの力を持っている。

勝てる戦のはずだ。にもかかわらず、心が曇っているのは、まとまりきれぬ坂東の武士への不安なのか。嘆息し、範頼は抜けぬよう布を巻きつけた刀へと手を添えた。このままでは、福原で勝ちきれないかもしれない。

迷っていた。

惑う武士たちに道を示すことのできる者は、この場にあって自分しかいない。源氏棟梁の血を引く者は二人。だが、王家を何よりも望む義経では、武士の将来を語ることはできないだろう。

自分が彼らの惑いを拭い去ることができれば、この戦には勝てる。だが、彼らの中に、源範頼という名が刻まれるであろうことを、範頼は恐れていた。彼らの中に刻まれた名が、どのような意味を持っていくのか。平氏を滅ぼしたのち、鎌倉の武士の中から頼朝と袂を分かつ者が出てくれれば、彼らは範頼へいかなる視線を向けるのか。そんな自分を見て、藤原範季はにやりとするだろう。

不意に、義経が視界に入った。

安田義定や大内惟義《これよし》、多田行綱《ただゆきつな》ら七千を率いて丹波路を進むことが決まっている。並み居る武士の怯えを見つめ、義経は苛立ちを顔に滲ませていた。常陸、上野を転戦した義経の戦には、常に果断があった。短慮と言ってもいいかもしれないが、義経の短慮は常に敵の思惑を上回る。

搦手の大将軍だが、安田や大内などは頼朝にも並ぶ一門の有力者であり、年少の義経を侮ってもいる。無策に進ませれば、搦手軍が瓦解する恐れもあった。

自分しかいない。

刀から手を離し、範頼は息を吸い込んだ。源範頼としてではない。あくまで源頼朝の名代として、頼朝の言葉を口にするだけだ。朝政の案じるような視線に、範頼は苦笑した。平氏を討たねば、友を守ることもできないのだ。

「迷う必要はない」

唐突な言葉に、陣幕の中が静まり返った。

自分への言葉のつもりだったが、武士たちは、その心を見透かされたように感じたかもしれない。何を言うつもりだと喉を鳴らす者たちを見つめ、範頼は頷いた。

「福原に拠る平氏を討てば、戦は終わる」

将は迷ってはならない。かつて池田宿の狭い部屋の中で、京下りの学者が、澄ました顔でそう告げた。兵は率いる武士の顔を見て戦況を察し、武士は大将軍の顔色で察する。

戦の勝敗は、ひとえに将にかかっている。

「鎌倉殿は、稀代の人だ。わずか三十余騎で挙兵し、一度は石橋山で敗れた。だが、この戦乱の世、天は立つべき人として鎌倉殿を選んだ。わずか四十日で下総国、上総国を束ねると瞬く間に武蔵国を切り取り、坂東を統べられた」

その頃から付き従ってきた武士も多くいる。七十近い千葉常胤などは、頼朝の父義朝の帷幄《いあく》にあって、傍で支え続けた武士でもある。彼らの瞳には、頼朝こそ武士の棟梁であると望む光があった。

「畿内の木曾義仲、西国の平氏と並び、三国志のようであると京の公卿に言わしめた力は、ひとえにその方らの力ゆえである」

視線を、範頼は安田義定や多田行綱へと向けた。

甲斐源氏と摂津源氏を率いる二人の目には、範頼への嘲りがある。特に義定は、瀬田の戦の折、範頼の臆病さを非難した武田信義の弟でもあった。

何を言うのだとばかりに、二人が眉を顰《ひそ》めた。

「安田殿」

その瞳には嘲るような光がある。

「搦手の大将軍は九郎義経である」

義定の頬が、さっと赤くなった。

陣内で、義定が自分こそ大将軍に相応しいと言いまわっていると、景時から報せを受けていた。頼朝の耳に入れれば、上総広常と同様の運命を辿ることにもなりかねない。景時の周到さと、義定の迂闊さだった。

みるみる萎縮する義定から視線を外し、範頼はもう一人、多田行綱へと向けた。

「摂津の地勢に知悉している多田殿に、頼みたいことがある」

義定のようにやり込められはせぬと、その瞳には反骨の光がある。微笑み、範頼は頭を下げた。

「搦手の軍から離れ、鵯越《ひよどりごえ》を越えてもらいたい」

その瞬間、行綱が怪訝な表情をした。

「敵は新中納言平知盛。かつて、入道相国（平清盛）より最も目をかけられた男だ。京にいた頃は病に伏せることが多かったというが、西国に落ちてからは人が変わったように獅子奮迅の働きをしている」

平氏は安徳帝を推戴し、平宗盛を棟梁としているが、実際に軍の指揮を執っているのは知盛と言われていた。長門国彦島を制し、瀬戸内諸国を切り取った戦には、常にその名があった。

「天然の要害である福原に、知盛は堅牢な砦を築いている。大手軍は東の生田の森から、搦手軍は西の一ノ谷から攻める。だが、これだけでは足りぬ」

行綱から目を離し、呆気にとられたかのように範頼を見つめる諸将を見渡した。これまで戦についてロを開いてこなかった範頼の変貌に驚いているようだ。諸将の反応に苦笑するか迷い、頬に力をいれた。

平氏との戦であることは皆が知っている。だが、この戦はそれだけではない。

「この戦で、平氏を滅ぼすのだ」

低く呟いた範頼の言葉に、諸将が喉を鳴らした。

「行綱」

年嵩の行綱が、呆気にとられたように口を広げ、慌てて返事をした。代々の家人のごとき返事をしたことに、行綱が歯を食い縛った。

「この戦は、お主が勝たせよ」

「それがしが？」

「埋伏させた兵のうち、七千をお主に預ける」

「鵯越を駆け下り、敵中になだれ込めと、そう仰せられるか」

「平氏を分断し、敵中にある三種の神器《じんぎ》を奪還するためだ」

行綱の瞳が、鋭く光った。

「大将軍は、それがしに弑逆《しいぎゃく》の徒となる役を任されると？」

低く響いた声に、並ぶ武士が肩を震わせた。

行綱は老練な武士だ。平清盛が京を牛耳っていた時も、平氏が没落した時も、そして義仲が討たれた今も、いつの間にか立場を変え、勝者の陣営に立ち続けている。趨勢を読む力に長けている。

平氏を滅ぼしたのち、もしも王家と頼朝が相争うような事態に陥れば、この男は再び立場を変えてゆくかもしれない。摂津源氏の棟梁でもある行綱が叛旗を翻せば、従う者は多いだろう。

だが、平氏が推戴する安徳帝を殺せば、もはや行綱は頼朝に従うほか道はなくなる。ここで、この男が選ぶことのできる道を、定めておきたかった。

睨み合う形になった行綱が、肩を竦め笑った。

「これは、鎌倉殿の御意思ですな?」

行綱は、頼朝が弑逆を命じたという言質を得たいのだろうが、範頼は首を左右に振って否定した。

「帝は福原ではなく、京にあられる」

後白河院によって擁立された後鳥羽帝のみが帝である。そう言い切ることで、諸将の迷いを少しでも鎮めたかった。

平氏が推戴する安徳帝は、三種の神器を手の内にいまだ退位していない。ゆえに、平氏との戦の中で安徳帝が死ねば、王家を殺した大罪人の汚名を着るのではないかと畏れている者もいる。

「福原にあるのは、三種の神器を押領した賊。我らは、王家よりその征討を命じられた鎌倉殿の麾下である」

「安徳帝の生死はいかに?」

行綱の横では、義経がこちらを見つめている。範頼の言葉に驚きを滲ませていた義経が、身体を一度震わせ、そして凄惨な笑みを浮かべた。後白河院へ向けた視線を思い出し、範頼は口を開いた。

「帝ではない」

生死は問わず――。
範頼の言葉に、諸将が震える息を吐き出した。

二

北の空に、斗星が輝いている。

夜陰に紛れた行軍だった。兵には枚《ばい》を銜《ふく》ませ、松明も許していない。全ては平氏を率いる大将軍平知盛の目を欺くためだった。

一ノ谷を攻める搦手の軍は、総勢一万四千。義経率いる七千の後方から、多田行綱の七千を進ませた。義経を目隠しとする形だ。二将を送り出すと、範頼も残る一万三千の兵を四千と九千に分けて山陰道へと進んだ。

前を進む四千は、小山朝政、下河辺行平、畠山重忠を将として、範頼の本陣もそこに置いた。後衛の九千はさらに二段に分け、甲斐源氏、千葉常胤に率いさせている。何段にも分けたのは、平氏にこちらの勢力を測らせないためだった。

石清水八幡宮《いわしみずはちまんぐう》への参拝を終えると、四千の進軍を速めた。

福原に拠る平氏は八千騎。だが、ここで取り逃がせば、平氏の領土は西に広がっており、八千は二万にも三万にも膨れ上がるだろう。平宗盛、知盛兄弟、そして安徳帝は福原で必ず討たねばならなかった。

平氏の指揮は知盛。

海岸沿いに展開する東西に向けて、平氏は砦を構えている。

西の一ノ谷、東の生田からの挟撃と、そして多田行綱による鵯越からの急襲を受ければ、いかに知盛が戦巧者だとしても抗いようがないだろう。自分が平氏を率いる者だとして、考えうる限りの策をめぐらせたが、三方向からの攻囲を逃れることはできないと思った。

何より、平氏は朝廷との和平交渉の真っ只中なのだ。

後白河院の側近である修理権大夫藤原親信《ちかのぶ》が使者として下向することも取り決められている。平宗盛の下には、戦を禁ずる院宣が届いているはずだった。まさか、騙し討たれるとは思ってもいないだろう。

にもかかわらず、漠たる不安が胸の奥にあるのはなぜなのか。

敵将である知盛への不安なのか、それとも六条殿で拝謁した後白河院の狡猾さへの不安なのか。騙し討ちを提言した範頼に、後白河院は間髪を入れず頷いた。決裂したとはいえ、かつての後白河院の隆盛は、平氏の栄華と共にあったと言ってもいい。

二条帝が即位するまでの間、中継ぎの帝として即位した後白河の力は、当初強いものではなかった。保元から続く度重なる戦乱の中で固められていったものであり、その傍には常に平清盛がいた。

大恩ある平氏を裏切るような策を受け入れたのは、平氏が武士であるがゆえなのか。武士とは、それほどまでに無惨な扱いを受けねばならないのか。

眉間に拳をあて、範頼は白い息を吐き出した。

「六郎殿」

騎乗する朝政が、寒さに歯を鳴らしていた。

「梶原殿から」

暗闇で表情はよく見えないが、その声には不快さが混じっているようだった。朝政が感情を露わにするのは珍しい。

「何があった」

「丹波路を進む九郎殿の軍が、播磨国《はりまのくに》三草山《みくさ》（現在の兵庫県加東市）で平資盛《すけもり》率いる四千の兵とぶつかったとの報せです。九郎殿の夜討ちによって、戦は勝利に終わったようですが」

「浮かぬ顔をしているな」

朝政の舌打ちが聞こえた。

「九郎殿のとった戦法は大松明《おおたいまつ》です」

朝政の言葉に、範頼は思わず息を呑んだ。

大松明とは、周辺の山野を灰燼へと変える戦のことだ。民もろとも殺しつくす戦法は、己の勝利のためには、親の屍を踏み越え、兄弟の屍を踏みしだいてゆく坂東武士の戦そのものだった。そして、掠奪によって京の飢餓を深刻化させた木曾義仲の印象を払拭しようと、頼朝が禁じていたものでもある。

道を妨げる者は容赦しない。六条殿で義経が残した言葉を、範頼は思い出した。一ノ谷急襲を命じられた義経は、自分の道を遮る平資盛を見て憤激したのだろう。

「兵の犠牲は？」

「お味方の犠牲は皆無に等しいと。九郎殿の戦ぶりに虚を突かれた平資盛は、踏みとどまることも叶わず逃げ出したようです」

大軍を率いて正面からの戦に強かった木曾義仲とは対照的に、義経の戦ぶりは、敵が惑うほどに鋭さを増す。夜襲と火攻めによって混乱する平氏が、なすすべなく敗れていった様が浮かぶようだった。

「鎌倉殿のお心に添わないのではないでしょうか？」

案ずる、と言うよりは非難の色の強い言葉を口にし、朝政が北の空へ視線を向けた。出陣前、侍所で非道を禁ずるとした頼朝の心には、間違いなく添わない。

「兄上が知れば怒るであろうな。だが」

目を閉じ、範頼は嘆息した。

「院の御心には叶うのであろう」

「後白河院でございますか？」

「平氏を一人残らず討ってみせよと、院はそう口にされた」

「それでは、九郎殿は鎌倉殿よりも院のお言葉を優先したと？」

「そうするしか手が無かったのかもしれぬ。仔細が分からねば判断はつくまいが」

確かなことは、源義経という王家の言葉に忠実な武士が、院の目にはっきりと映ったであろうことだった。

邪魔になれば、恩ある平氏の討滅さえ面白がるような後白河院だ。いずれ、源頼朝を敵とみなした時、間違いなく頼朝を討つことのできる武士として、義経の名をその胸に思い出すだろう。

そして、六条殿で義経の言葉を聞いた梶原景時は、疑念を確信に変えたかもしれない。

舌打ちを堪えた。

「朝政、昆陽野《こやの》で後衛を待つ。陣を整えれば、そのまま生田まで駆けるぞ。鶴翼で敵を押し包む」

「勝負を急がれますか」

「源氏の将として、義経を抑えうる武士がいることを刻む必要がある」

義経がいかなる道を歩むかは知らないが、ここで頼朝に忠実な範頼が目を見張るような戦を披露すれば、仮に後白河院が義経の戦ぶりを見初めたとしても、その軽挙を抑えることにも繋がる。

「朝政、右翼を任せる。行平、畠山重忠を連れていけ。梶原殿には左翼を。俺は中央で全軍の指揮を執る」

下河辺行平と畠山重忠という二人の武士は、大手軍の中で最強の武力と言っていい。

「梶原殿と六郎殿が潰れ役になるというわけですか」

「堅実な戦をする梶原殿を抜くことは、戦巧者の九郎でも難しい。俺たちが足止めする間に、敵の横を衝け」

「承知」

昆陽野から生田まではもういくばくの距離もない。平氏の斥候に見つかったとしても、ここから知盛が取りうる策は一つもないはずだった。

源範頼という名を、刻む戦をしなければならない。自分の思惑とはかけ離れた戦になると思った。

「不服そうですね」

朝政が苦笑した。

「六郎殿の意に反する戦になるでしょうが、古い友人として言わせてもらえるのであれば、六郎殿の名が確かなものと知れわたることは嬉しいのですがね」

「馬鹿なことを言うな。俺の名が知れれば知れるほど、大往生からは遠ざかる」

「大往生を目指していたとは知りませんでした。下野にいた頃の女狂いを見れば、女の腹の上で死ぬものとばかり思っていました」

朝政が冗談めいたことを言うのは珍しい。ちらりとその顔を見ると、どこか強張っているようにも感じた。範頼の選んだ道が、いかなる意味を持っているのか、朝政も分かっているのだろう。

「安心されてください。いかなる状況になろうと、小山朝政は六郎殿の味方です」

「小山家、ではないのだな」

「家を滅ぼすことはできませぬゆえ」

痒くなった首元を掻き、範頼は重い肩を落とした。

「早いところ戦を終わらせ、下野に帰りたいな」

「はい」

首肯した朝政の頬からは、だが強張りが薄れることはなかった。

三

季節外れの雪が舞っていた。

朝陽は雲の陰に隠れ、砂浜は暗い。

「平知盛……」

敵将の名を呟き、範頼は南北に延びる城柵を見据えた。本陣には、鎌倉から共に進んできた武士が息を潜めるようにして、範頼の下知《げち》を待っている。

自分が緊張しているのかは分からなかった。身体が浮わついているような気もするし、砂浜の遥か地中深くまで根差しているような気もする。叔父である志田義広と戦った時とも、木曾義仲と向かい合った時とも違う。

自分は不安なのだろうか。

下野で源氏の血を引く者として立ち上がって以来、平姓の大将軍が率いる軍との戦は初めてだった。勝てば、頼朝の天下が定まる。だが、もしも敗ければ、この国は二つに割れるかもしれない。

自分の采配に、この国の行方がかかっていると思うと、双肩に感じる空気はあまりに重いように感じた。もとは、下野の友を救うために起ち上がったに過ぎない。これほどの責を負うなど、覚悟はしていなかったのだ。

溜息を吐き、範頼は抜けぬ刀の柄に右手を添えた。

誰を勝たせるかお前が決めよと、かつて藤原範季より与えられた刀だ。

この戦に勝利したとしても、範季が想定した決着ではないことは確かだ。鵺《ぬえ》のような気配をまとった男の思惑は、生き続ける限り範頼を絡め取り続ける。範季にとって、範頼の存在に意味が出てくるのは、頼朝が王家を圧倒するほどの力を握った時なのだ。

まだ道は長く、そしてあまりに険しい。

友とただ生きるという願いが、これほど難しいとは思わなかった。ただ、友を巻き込んだ以上、ここで敗れるわけにはいかなかった。

海岸から北の山裾までは、二里（約一キロメートル）もない。山裾までの平地を塞ぐように、赤の軍旗が流々とたなびき、その下には三千ほどの兵が蠢き、名のある武士が大鎧に身を包んでいる。

「厄介な男だな」

平氏の軍中から焦りは感じなかった。

後白河院と平氏は和平交渉の最中だ。源氏平氏双方、戦を禁じられているはずの今、目の前に現れた範頼軍を見ても落ち着き払っている。平氏の棟梁宗盛は、院の和平交渉に狂喜していたというが、知盛は院の姑息さをどこかで予想していたのかもしれない。

「まあ、小細工だ」

頷き、範頼は全軍一万三千を前衛、中軍、後衛の三段に分けて進ませた。

後白河院の謀略は、敵が少しでも油断すればという程度にしか考えていなかった。兵に焦りは見られないが、だが目まぐるしく変化する平氏の布陣を見れば、こちらの動きが知盛の想定を超えたことは間違いなさそうだった。

平氏は一ノ谷、山手、生田に向けて三軍を展開している。

西の一ノ谷には平忠度《ただのり》の三千が布陣し、山手に向かっては平通盛《みちもり》二千、そして範頼が布陣する生田には平知盛率いる三千の兵が気勢を上げている。

兵の数では源氏が圧倒的に優勢だが、東西ともに隘路《あいろ》であり、堅牢な城柵が組まれていた。山手に向かっては三重の逆茂木《さかもぎ》と大楯を並べ、城柵に辿り着くことも至難なほど執拗な防備が整えられている。

知盛は鵯越を越えてくる敵を想定していたのだろう。その点では、範頼の策を見抜いていたと言える。だが、範頼率いる兵の数までは見抜けなかったようだ。山手に備えられた兵の一部が、生田まで動こうとしていた。

平氏の陣中から、一騎、赤地の直垂に唐綾縅《からあやおどし》の鎧をまとう武士が出てきた。名乗りを上げ、鏑矢による矢合わせによって戦は始まる。少しでも時を稼ごうとしているのだろうが、敵の態勢が整うまで待つつもりはなかった。

「弓、構え」

合戦の作法を無視する下知に、周囲の武士がざわめきだした。

作法を裏切れば、敗北が待っていると彼らは健気に信じているのだ。そもそも武士の戦の作法は、一対一の戦いを余人に邪魔されぬよう、古代より作り上げられてきたものだ。だが、多数対多数の戦では、役に立たないどころか、指揮する者が狙い討たれる危うさがある。

勝利のためには固執するべきものではないと思っていたし、そもそも武士としてのこだわりがない範頼にとっては、無駄なものでしかなかった。

武士の動揺を無視するべきか迷ったが、その前に彼らを一喝したのは、鎌倉方の宿老とでも言うべき千葉常胤だった。深い皺を眉間に寄せている。

「かつて富士川の戦いの折、平維盛は我らの放った軍使を無惨にも斬り捨て、戦を挑んできた。先に作法を破ったは彼奴らの方じゃ」

小柄な老人のどこから出ているのだと思うほどの大音声《だいおんじょう》だった。老練な常胤の言葉に、本陣の武士が顔を見合わせ、そして兵たちが喉を鳴らした。

常胤が範頼を見ていた。

特に親しいわけでもない。この二年、話したのも数えるほどの老人は、範頼の父と肩を並べて戦った武士だ。父義朝の武勇を目に焼き付け、武士の棟梁たる姿を、頼朝に期待している。

その瞳に浮かぶ光は、かつて池田宿で賊を策に嵌めた範頼を称える民と同じものであり、そしてそれは、宇治川での軍議を境に範頼にも向けられるようになったものだ。

常胤の視線に応え、範頼は前に出た。

「我らは、王家に逆らう賊を裁く追討の軍だ。武士の武士たるゆえんは、王家を守護するところにある。王家を弑《しい》せんとするあの者らは、武士に非ず」

この国の帝は、京の後鳥羽帝ただ一人。

「弓」

再度、静かに命じた時、兵が肩を震わせて一斉に弓を構えた。一万余の弓が引き絞られ、曇天に向けられる。

口上を上げようとしていた平氏方の武士の表情が引きつった。城柵の内側から楯を命じる大音声が響いた時――。

「放て！」

無数の風切音が響き、曇天をさらに暗く染めた。舞う雪を弾き飛ばし、次々に城柵へ突き立っていく。空を染めていた矢が消え、城柵の内側からこちらを窺うような平氏方の武士の顔が見えた瞬間、範頼は前衛に前進を命じた。

戦が始まって一刻ほどが経過した時、一ノ谷の方角から黒煙が立ち昇り始めた。

「九郎が一ノ谷に寄せてきたか」

焦りの中で口にした言葉に、すぐ傍で刀を杖のようにして立つ常胤が頷いた。

「九郎殿の戦は苛烈ですが、対する平忠度は文武に優れた武士です。容易に形勢は傾きますまい。やはり、決め手となるのは多田殿の鵯越からの奇襲にござろうが」

常胤が口に溜まった唾を吐き出した。砂浜にできた染みは、すぐに雪の染みで覆われる。

「山手側にあれほど構えられては、摂津の地勢を知り尽くした多田殿でも、すぐに割って入るのは難しかろう」

「分かっています。九郎か俺が抜かねば、この戦は決着しない」

だが――。

見据えた戦場に向け、範頼は拳を握り締めた。

平氏の奮戦が、範頼の想定をはるかに上回っていた。山手に配置していた兵の増援があったとはいえ、知盛が率いる兵は四千ほどにすぎない。こちらは、一万三千を三段に分けて、常に入れ替えながら戦っている。

平氏方の兵たちには休む間すらないはずだが、至る所で源氏方の武士が押し返されていた。滅びという背水ゆえの強さなのかとも思った。しかし、向かい合う敵からはそんな悲壮な気配は感じなかった。

そして、最大の誤算は、右翼に配した小山朝政と下河辺行平、畠山重忠が敵を抜ききれていないことにあった。大手軍の中でも飛び抜けた武勇を誇る行平と重忠が、鉄の壁に跳ね返されるかのように、幾度も押し返されている。

三人を阻むのは、たった一人、平氏を率いて戦闘で奮戦する若き武士だった。

「世は広いということか」

呟くように言った言葉に、常胤が笑った。

「焦りなさるな。六郎殿。確かに、平氏の左翼の将は尋常ならざる武士じゃ」

「千葉殿の目にもそう映りますか」

「あの驍勇《ぎょうゆう》は、平清盛や源義朝殿を恐れさせた鎮西八郎に重なるものですな。旗を見るに、あれが平教経《のりつね》であろうのう」

木曾義仲によって平氏が都落ちをした後、平知盛と共に重きをなし始めた武士の名前だった。まだ若く二十四、五のはずだ。平清盛の甥であり、宗盛や知盛にとっては従弟にあたる。

義仲配下の侍大将、海野《うんの》幸広《ゆきひろ》を自ら討ち取るほどの剛勇と、都落ちによって離反した西国の家人を、次々に族滅させる苛烈さを持ち合わせている。知盛の策と、教経の武。この二つが、平氏の要と言われていた。

「要の二つまでもが俺の前にいることは、何の因果か」

義経以上の戦を見せると、珍しく意気込んでみればこれだ。

「新中納言（平知盛）は、六郎殿を手ごわい敵と見なしたということであろう。その判断は、儂も間違っておらぬと思う」

「千葉殿」

「宇治の軍議で見せた六郎殿の姿は、坂東の武士たちを、その雷名のもとに束ねた義朝殿に重なるものがあった」

「私は父を見たことがありませぬが」

一度も会ったことがなく、その血筋のせいでこの騒乱に巻き込まれていると思えば、素直に喜ぶことはできなかった。嫌悪が表情に出てしまったのだろう。常胤が怪訝そうな瞳をした。

「六郎殿は、お父上のことをあまり好ましく思っておられぬか？」

喊声《かんせい》の中で、やけに常胤の言葉がはっきりと聞こえた。源氏の棟梁としての頼朝に従い、挙兵以来支え続けてきた男だ。頼朝も勲功を与える時、真っ先に常胤の名を呼ぶ。

心の奥を覗き込むような視線を避け、範頼は戦場へ目を向けた。前衛の四千が、城柵の前で刀を構える二千ほどと乱戦になっている。城柵の内側から放たれる矢が、こちらの勢いを殺していた。

「父の子であったがゆえ、俺は生まれた池田宿を追われ、そして鎌倉殿の弟であったがゆえ、こうして一軍の指揮を執っています。兄上にこそ恩はあれど、父上の何かを偲べと言われれば、難しい」

常胤の強い視線を感じたが、範頼は戦場から目を離さなかった。

「義朝殿の血を引く宿命。老骨に推し量れるようなものではないかもしれませぬが。儂は、鎌倉殿こそが東国を押さえ、天下に号令する器と思っております」

坂東ではなく東国と言ったことに意味はあるのか。

常胤の老いた顔を見ようとした時だった。不意に戦場がぐらりと揺れたように感じた。

「……何じゃ」

常胤の声が低く響く。

戦場の膠着は先ほどと変わっていない。変わったのは戦況ではなく、平氏の武士たちだ。身体が張り裂けんばかりに喊声を上げ、何かを待っている。

「前衛を戻せ。中軍と入れ替え」

疲労を見せ始めている前衛を後退させた。平氏との間に空隙ができる。

「中軍、待て。弓、止めよ」

「六郎殿」

常胤もまた何かの気配を感じ取っている。風が止んだ。そう感じた時、不意に戦場を静寂が包んだ。左翼の梶原景時も何かを感じたのだろう。兵を退かせ、大楯を前面に出している。右翼でも、それまで打ち合っていた畠山重忠と平教経が、弾けるように距離をとった。

南北に林立する赤い流旗が、ゆっくりと左右に動いてゆく。

何かが、来る。

目を細めた時、馬蹄の音が一つ、異様なほどの大きさで戦場に響いた。

舞う雪の中で、真っ先に目についたのは黄金造りの太刀が放つ鋭い光だ。ぼやけていた輪郭が徐々に鮮明になり、黒地の直垂に唐綾縅の大鎧をまとった武士の姿が浮かび上がる。馬上で俯く武士の肌は、雪の物の怪のように白い。

男が太刀をすらりと抜いた。あまりに自然な挙措だった。男の姿を見た平氏方の武士たちが、その血を滾らせ始めたのが遠目にも分かる。

ずっと感じていた不気味な不安の正体が、今、目の前にいる。義仲に攻められ、平氏はあっさりと京を捨てた。その時からずっと恐れていた者が、戦場に現れた武士であることを範頼は確信した。

範頼が弓を命じようとした刹那――。

男が俯けていた顔を上げ、範頼をまっすぐに見た。

「迷っておるな?」

男が微笑んだ。

均整の取れた顔立ちだが、その目の上には凄惨な深い傷跡がある。男の名など知るはずがなかった。だが、範頼にはそれが平知盛であることがはっきりと分かった。

範頼が息を呑んだ時、平知盛が刀を振り上げた。

喊声が爆発した。四千の平氏の声だ。だが、その数倍にも聞こえる。味方の兵が、不気味なものを見るような目で、敵を見ていた。

「私が福原まで来たのは、ただ確かめたかったからだ」

「確かめたかった?」

聞き返した範頼に、知盛が頬を綻ばせた。

「鎌倉から兵を隠していたとはな。此度は私の敗けだ」

天に突き立てるように太刀を掲げ、知盛が微笑みを消した。

「武士とは、ただの言葉だ。民を言い換えたに過ぎぬ。民を生かすのが国。だが、今の王家は民を、我らを生かそうとはされぬ。ここまで来て、ようやく分かった」

その声が戦場に立つ全ての者の耳朶を打った時、知盛が太刀を振り下ろした。

「この国に、王家はいらぬ」

知盛の言葉に、心の奥底が冷えた。頼朝を推戴《すいだい》する坂東の武士も、その多くが考えたことのある言葉のはずだ。知盛の言葉が彼らの心に火を着ければ、藤原範季という王家に寄り添う男は、必ず動き出す。

「全軍、知盛を討て」

知盛の言葉を掻き消すように、範頼は腹の底から声を上げた。

あの男はここでの勝利に固執していない。それがはっきりと伝わってきた。福原に拠る平氏は安徳帝を推戴し、京へ戻すために進んできたはずだ。にもかかわらず、王家を否定する言葉を言い放つ理由は一つしかない。

知盛は、京の朝廷を、この国の有様そのものを見限ったのだ。

左右、景時と朝政の号令が響き、遅れて本陣の兵が飛び出すように駆け始めた。平氏方の四千の兵が猛然と前に出てくる。ぶつかった。数の上では三倍以上の源氏方に、敵は一歩も退かない。

ここで平氏を壊滅させるということは、宗盛を始めとして平氏一族を糾合できる者を、全て滅ぼすことだ。知盛を逃せば、この国は畿内を境として西と東に分かれる。だが、景時や朝政が声を嗄《か》らすほど、敵の勢いは増していくようだった。

戦場の怒号と喧騒の向こう側で、知盛がじっとこちらを見ていた。

「千葉殿。那須与一《なすのよいち》を」

呟きは、十数える間に駆け足の音になった。隣に、大兵でも引けぬほどの大弓を携えた武士が現れた。

「知盛を射殺せ」

「名乗りは」

「いらぬ」

掌に滲む汗を感じた、次の瞬間、神速の矢が空気を切り裂き、知盛の身体へと吸い込まれていく。殺した。そう思った時、何かに遮られ、矢が宙に舞い上がった。いつの間にか、知盛の傍に平教経がいた。宙に舞うのは、赤い円の描かれた扇。

「扇で……」

与一の絶句に、教経がにやりとした。

「逃がすな」

叫んだ言葉は、だが両軍がぶつかる喧騒に紛れて届くことは無かった。激しくなる雪の中、知盛の瞳から溢れる光が強くなった。

「追っては来るな。源範頼」

怯えからの言葉でないことは、はっきりと分かった。喧騒の中でも、知盛の言葉だけは範頼の耳に届いた。

「来れば、この国から戦は消えぬ」

待て。言葉が喉に絡まった時、視界を覆うほどの雪の中に、知盛の姿が消えた。

死屍累々たる砂浜には、無数の赤い旗が踏みにじられている。夕闇。静かな波音の中で、範頼は延々と続く骸を目に焼き付けていた。

「だが……」

雌雄を決する戦が終わった。

それが新たな戦の始まりでしかないことを、範頼は誰よりも知っていた。そして、これから始まる戦は、今までの戦とは意味合いを大きく異にすることも。

戦は、源氏の勝利で終わった。

一ノ谷と生田の戦いの膠着を破ったのは、やはり鵯越を越えて戦場に辿り着いた多田行綱の軍であった。平氏側の過剰な備えを、行綱は多数の死者を出しながらも力技で突破した。平氏軍の中央に躍り出た行綱が東西に兵を分けると、生田、一ノ谷は挟撃の形となり、形勢は一気に傾いた。

最も激戦となったのは、知盛が布陣していた生田であり、戦死者の数も飛び抜けて多い。敵味方あわせて四千以上が死んだだろう。詳細を梶原景時が集めているが、全てを終えるのは明日以降になりそうだった。

足音が二つ、近づいてきた。

「平氏一門の名のある者の多くを、討ち取ったようです」

朝政の声だった。張りつめていた緊張が、どこかほぐれるような気がした。

「朝政。無事だったか」

「ええ。私は中軍にあって指揮を執っていただけですから」

そう言った朝政が、視線を横に流した。全身に傷を負った下河辺行平が肩を落としている。

「行平、お主の奮戦は遠目で見ていた」

「数合渡り合っただけですが、平教経という男は尋常の武士ではありませぬ」

「命あっただけでもいいさ。俺はお前が死ななかったことの方が嬉しい」

「六郎殿」

目じりに涙をためる行平に、範頼は笑いかけた。

「それで、下総一の武士という名乗りはどうする？」

朝政の顔に苦笑が浮かび、行平が情けなく息を吐き出した。

「教経が下総に来ないことを祈ります」

行平の言葉に頷きながら、範頼は浜辺を西へ向かって歩き出した。出会ったばかりの行平であれば、是が非でも再び戦って勝つと言っただろう。後ろから、二人がついてくる。

知盛が築いた城柵は全て取り壊され、板の束となっている。薪代わりだった。東海道から運ばせた兵粮を、存分に振舞えと範頼は命じていた。東西に延びる浜辺には、延々と炊煙が立ち昇っている。

「一度、矛を納めねばなるまい」

「此度の戦の勝利に、兵は酔いましょうな」

さすがに朝政は兵をよく見ている。兵だけではない。鎌倉からここまで駆けてきた源氏方の武士も同様だ。長く互いの存亡を懸けて戦ってきた平氏に、壊滅に近い打撃を与えたのだ。まだ幼さの残る平敦盛《あつもり》という若者から、平清盛の弟である薩摩守《さつまのかみ》忠度までをも討ち取っている。名のある武士だけでも千を越えそうな勢いだった。

「戦う気の切れた者を率いて西国に向かっても、長くは続かぬ」

「西国への戦は、再び起こりますか？」

「起こる」

即断した範頼に、朝政は唸り声を上げた。

「平氏の有力な武士を討ったとはいえ、一門の棟梁である内府は討てず、三軍を指揮する知盛は健在だ。俺たちが鎌倉へ退けば、必ずその勢いは強くなる」

それは確信だった。

王家はいらぬ。生田の戦いで見せた知盛の微笑みは、決断した者の潔さがあった。西国に退《ひ》いていった平知盛が目論《もくろ》むのは、信じ難いことだが王家なき国を創ることにあるかもしれない。いかにすればそれが成せるかも範頼には分からなかったが、知盛の諦めたような微笑みは、そう感じさせるに十分なものだった。

全土を手に入れんとする頼朝は、知盛の道を阻むことができるのか。

濡れた砂を歩き、波打ち際まで進むと、範頼は辺りを見渡し、声を落とした。

「鎌倉に戻れば、坂東は混沌を迎える」

「どういうことです」

「この戦の勝利は、東海道、東山道、畿内の武士が合力した結果だ。だが、坂東の武士の中には、未だ兄上を坂東の王として見る者も多い」

「王家を重視する者と、決別を考える者との間で争いが起きるということですか。しかし、鎌倉殿のお心はすでに決まっているのでは？」

朝政の言葉に、範頼は夜空を見上げた。今朝までの曇天が嘘のように晴れ上がり、眩い星が瞬いている。

「決まってはいるのだろうな。が、兄上以上の力を持つ者が多くいる」

行平が目を細めた。

「王家か、鎌倉殿か。粛清の具として使われるということですか」

「鋭いな、行平」

「上総広常殿は出陣前、王家に不遜な言葉を放ったゆえ、梶原殿に殺されました。されど、鎌倉殿に尊王の志を感じたことはありません。木曾義仲を恐れた後白河院の、再三にわたる要請にも応えようとはされませんでした」

頷いた。

「おそらく、兄上はこの戦で大勢は決したと思われているはずだ。ここからなすべきは、兄上が望む政をなすうえで妨げとなる実力者を排していくことだろう」

その筆頭に挙がる名は、誰なのか。今のところ、自分は頼朝に従順な者と思われているだろう。自分でも臆病だと思うほどだが、鎌倉を出陣して以来、一日おきに鎌倉へ飛脚を送り続けていた。

おそらく狙われるのは、頼朝と同じく源氏の血を引く武士たちだ。

だが、実力者の排除を狙うのは、頂に立つ頼朝だけではない。そして、それこそが鎌倉の抱える闇だった。

「挙兵以来、兄上に付き従ってきた武士たちも、己の栄達の妨げになる者を引きずり降ろそうと、策謀をめぐらし始めるはずだ」

朝政と行平が、顔を強張らせた。端正な顔立ちの朝政と、髭に埋もれ豪傑然とした行平だが、従弟同士ということもあってか、咄嗟の反応は似ている。

「今、お前たちは梶原殿を思い浮かべただろうが」

二人の頷きに、範頼は苦笑した。

「梶原殿は兄上の想いを代弁することに徹しておられる。それが最も恐ろしいと言えば恐ろしいのだが」

己の野望を剝き出しにし始めるのは、おそらくもっと別の武士たちだ。

平氏に非ずんば人に非ず。かつて平氏の最盛期、平時忠《ときただ》という公家が宴の席で言い放ったという。平氏でなければ、権力者としては認めない。公家という身分にあった時忠の言葉だが、それはいかなる身分にも通じるものだと思っていた。

今や王家と並ぶほどの力を持つに至った武士と呼ばれる身分の者たちの中でも、血筋は貴ばれている。範頼や頼朝のように清和源氏の血を引く者、平宗盛を筆頭とする桓武平氏の血を引く者、そして小山朝政など藤原秀郷の血を引く者。坂東でも名のある武士は、いずれも系譜に誇るべきところがある。

だが、血筋を持たない者も数多くおり、その有無は越えられぬ壁としてあったのだ。

挙兵前、流人だった頼朝を支えてきたのは、千葉常胤や上総広常などの由緒ある血筋を持つ者ではなく、辻冠者原同然の者たちだった。万に一つも勝ち目がないような戦に勝ち、頼朝は武士の棟梁たる地位を得た。頼朝の地位向上は、それまで武士の中にあった絶対的な血筋による壁を破壊するものだったと言ってもいい。

これから鎌倉では、外側からでは見えない闘争が始まることは想像に難くなかった。

「混乱する鎌倉とは対照的に、平氏はその意志を乱す者のほとんどが、一ノ谷、生田で骸となった」

「宗盛、知盛兄弟の下に平氏の意志が統一されると？」

「宗盛は全ての差配を知盛に任せているという。一族が一つにまとまった平氏と、内側から崩れようとする源氏。どちらが勝者となるか――」

ここで平氏を滅ぼしていれば、思い悩むことは無かった。平知盛を逃がしたことは惜しまれるが、だがあの瞬間、知盛の将器は範頼の想像を遥かに超えていた。

範頼の策に嵌められたことに気づいた時、知盛は一族全てを切り捨て、己の意思に従う者だけを逃がすことを決断したのだ。

ずっと抱いていた不安の正体は、平知盛という男に対するものだったのか。

波の音が不意に強くなった。

西からの風。順風から逆風へと変わる。

〝武士とは、ただの言葉だ〟

風の中に聞こえた声に、範頼は総毛立つのを感じた。

知盛が口にした言葉だ。

武士が争うのではなく、争うのは人でしかない。そして、今、その答えを持つ者が知盛か、範頼か。自分たちが武士であるにすぎないと、知盛はそう言ったのではないか。

人が争う以上、武士がいなくなっても再び争いは起きる。

「どうされました」

案ずるような朝政の声に、範頼はゆっくりと首を左右に振った。

第五章

猛き者

一

元暦《げんりやく》元年（一一八四）四月――。

麦秋の日差しの中、東海道を進む列は途切れることなく続いている。範頼も軍装を解き、水干姿で馬上に揺られていた。

鎌倉への帰還が命じられていた。

鎌倉の武士を、長く京に留めおくべきではないという頼朝の思惑が強く働いているのだろう。義仲を討ち、平氏を討った頼朝は、朝廷にとって唯一の官軍という立場になった。

だが、後白河院を始めとする王権の伝統的な姿勢は、強き者が現れれば、さらなる強き者を育て相討たせることにある。多くの武士を京に残せば、王権に取り込まれ、頼朝に叛《そむ》く者が出るかもしれないと警戒しているのだ。

「残されたのは九郎か……」

そして京を囲むように、伊賀には門葉《もんよう》（源氏一門）の中でも早い時期から頼朝に仕えていた大内惟義が伊賀国追捕使に任じられ、平氏の本貫であった伊勢には、このところ鎌倉内で台頭してきた大井《おおい》実春《さねはる》という武士が残されている。

特筆すべきは、梶原景時と土肥実平の扱いだろう。播磨（現在の兵庫県西部）、美作《みまさか》（現在の岡山県北東部）、備前（現在の岡山県南東部）、備中（現在の岡山県西部）、備後（現在の広島県東部）の総追捕使として、二人は前線に残されることになった。

景時や実平の登用は、血筋よりも実力を優先するという頼朝の宣言でもあった。つい先日、甲斐源氏の一人である板垣兼信が、土肥実平の厚遇を非難したことで、頼朝の激しい怒りを受けている。

名目上は、それぞれが平氏の残党に対するものだが、王家に傾注する義経を囲むように、頼朝に最も忠実な者たちが配置されている。

頼朝は、内部での争いを激化させようとしているのだろうかと、東海道を進む馬上で範頼はぼんやりと考えていた。

鎌倉に戻ることになったが、待ち受けているものが心地の良いものであるとは到底思えなかった。

このまま溶けていってしまえば、どれほど楽だろうか。

身体をじわりと温めてくれる日差しにうつらうつらしていた範頼は、涎が垂れることにも気づかず、いつの間にか眠っていた。

板敷きの間に茵を並べ、範頼は単衣《ひとえ》だけを身に着け寝転がっていた。茵が熱くなれば冷たい板敷きに身体を転がし、身体が痛くなれば茵の上に戻る。

朝政などがこの姿を見れば、源氏の血を引く者としての自覚を持てと、喧しくさえずるのだろう。伐り出されたばかりの木の匂いを胸一杯に吸い込み、範頼は天井を見上げた。

鎌倉に戻ってから三月、あまりに目まぐるしく過ぎていった。

六月には三河守に補任された。一国の国司として任じられたのは、他には源広綱《ひろつな》、平賀義信《よしのぶ》という源氏一門の武士。戦が終われば下野の原野の中、身一つで放り出されて眠ることを夢見ていた範頼にしてみれば、あまりに重い枷のように感じていた。

無欲を装い拒否しようとしたが、半年ぶりに見た頼朝は、範頼に言葉を呑み込ませた。福原で平氏を討ち、武士の棟梁であることを名実ともに認められた兄頼朝の威容は、以前のそれではなかった。かつて頼朝の前ですら昂然と胸を張っていた坂東の武士たちは、その全てが、人が変わったかのように肩をすぼめ、己の名を呼ばれぬように下を向いている。


鎌倉に満ちる空気は、ひどく息苦しく感じられた。

下野に帰りたいと幾度となく思った。だが、許可なき移動は、頼朝の傍で采配を振る北条時政によって禁じられている。朝政は一度下野に戻り、行平も下河辺荘に帰っており、範頼は与えられた屋敷の中でふて寝をするしかなかった。

北条時政――。

「四郎《しろう》め」

ほとんど話したことのない頼朝の舅の名を呟いた時、視線を感じ、範頼は身体を起こした。

「わが君よ。武衛《ぶえ》様（源頼朝）の耳に入れば、いかにされます？」

鋭く高い声には、端々に理知が満ちている。顔をしかめ、範頼は座敷の方へと身体を向けた。芯の通った女だった。白く小さな顔の中で、口をとがらせている。

先年、鎌倉を出陣する直前に祝言を挙げていた。長く、頼朝を支えてきた安達盛長《あだちもりなが》という武士の娘であり、頼朝にしてみれば範頼に軛をかけるつもりであったのだろう。女を娶ることなど全く考えていなかった範頼にとって、頼朝の命令は意表をつくものだった。断ることもできず、朝政や行平なども己のことのように喜び、いつの間にか祝言は終わっていた。

こめかみを掻き、範頼は首を振った。

「何を言う。俺は小四郎と言ったのだ。小山の朝政のことよ」

「北条様の御嫡男の名も、小四郎殿です。痛くない腹をつつかれぬためにも、お言葉遣いには気をつけていただかなければ」

「気をつけねばどうなるというのだ」

惚けるように言った言葉に、乙姫《おとひめ》が首を傾げた。

「鎌倉が崩れましょう」

微笑むと、そのまま乙姫は奥へと姿を消した。

政とは離れた場所にいる者にまでそう思われているのか。一枚岩となった平氏に対して、源氏の武士たちは、すでにその結束が揺らぎ始めている。

嘆息し、範頼はもう一度茵の上に仰向けになった。

鎌倉では、かつてないほどの粛清の嵐が吹いていた。

四月、頼朝は木曾義仲の遺児であり、自らの婿でもある清水義高《しみずよしたか》を殺している。かつて平清盛に救われ、そして平氏を討った己を重ね、必ず殺さねばならぬと思ったのかもしれない。殺された義高に同心の気配を見せていた甲斐、信濃の武士も、頼朝の命を受けた足利義兼《よしかね》によって滅ぼされた。

六月には甲斐源氏の一条忠頼が、居並ぶ御家人の前で斬り殺されている。白昼の斬殺であり、その様子を前に、頼朝は眉一つ動かさなかった。それから一月経たずして、信濃源氏の井上光盛《いのうえみつもり》が、忠頼に与したとして駿河国蒲原《かんばら》駅で討たれている。

梶原景時や土肥実平の重用で、血や名以上に実力を考慮する姿勢を鮮明にした。それは血筋を重視する武士にとって耐えられないことだろう。だが、そこに不満の声を上げれば、頼朝に反抗したとして討たれていく。

〝今の余に、そなたらを救うことはできぬ。だが、攻めもせぬ〟

志田義広の下野侵攻を前に、そう言った頃の非力な頼朝ではもはやなかった。

武士たちの恐れこそ、鎌倉に満ちる息苦しさの正体だった。

裏で糸を引いているのは、誰なのか。まことしやかに囁かれているのは、頼朝の舅である北条時政だった。

平氏との戦で、北条一族は武功らしい武功を立てていない。だが、範頼ら福原で戦った武士が鎌倉へ戻ってみれば、頼朝の横には、常に北条時政とその嫡子義時が寄り添っていた。

北条家は伊豆の在庁官人の家柄だが、家格で言えば千葉常胤や殺された上総広常、小山朝政などには遥かに及ばない。唯一の武士の政権となった鎌倉で、力を摑もうと動き出したのだろうか。

だが――。

「まだ、早い」

呟きは、自分でも分かるほどに疲れていた。

「何が、早いのです?」

響いたのは、どこまでも冷めた声音だ。乙姫と入れ替わるように、足音は聞こえていた。訪ねると伝える使者が届いたのは今朝、日が水平線に昇った頃だった。

多くの武士が、この男の急な来訪を恐れている。

面倒な気持ちを押し殺し、範頼は再び身体を起こした。無造作に部屋に入り込み、隅に積まれた茵を持ち上げた男が、範頼の前に座った。切れ長の瞳は冷え冷えと光り、若さに似合わぬ狡猾さがあるようにも感じる。

胡座をかき、まっすぐに範頼を見つめる男こそ、粛清の陰に立っていると言われる北条一族の嫡子だった。頼朝には第一の家の子と呼ばれ、寵愛されている。

軽く頭を下げた北条義時に、範頼は鼻を鳴らした。

「俺は鎌倉へ戻ったその日から言っていたはずだ。いまだ平氏は西国に健在であり、鎌倉の中で争っている場合ではないと。にもかかわらず、俺ごときを見張っている。無益なことだ」

「そのようなことはございませぬ」

自分よりも十一歳ほど年下のはずだ。二十歳を越えたくらいか。そうとは思えぬほど、居住まいは落ち着いている。義時が苦笑した。

「三河守殿の力は、今の鎌倉に集う武士の中で、最も恐れるべきものでございましょう。そのお言葉通り、いまだ平氏との戦は終わっておりませぬ。しかし、武士たちにそう錯覚させるほどの勝利を、三河守殿は摑まれました」

「敵の横を衝いた多田殿と、一ノ谷を破った九郎の手柄だ。俺は何もしていない」

「お二人が筆や辰砂《しんしや》だとすれば、絵を描いたお人が他にいます」

「買い被りだな。俺のようなまっとうな昼行燈《あんどん》に描ける絵など、酔っぱらった鼠程度だ」

「三河守殿が描かれたものであれば、我が家の宝としたいところですが……」

頼朝の陰で力を摑もうとする北条の小倅が何を考えているのか。鎌倉へ戻って三月、四日おきに範頼の下に現れているが、その真意を摑むことはできていない。

義時が肩を竦め、頭を下げた。

「絵を描いた者という言葉は、殿が言われたことでございます。九郎殿や多田殿では、あれほど見事な勝利を得られなかったであろうと。宇治川で諸将を鼓舞した言葉も、一言一句伝えられています」

「梶原殿か」

「だけではございませぬ」

「兄上の目は、無数にあるということか」

否定も肯定もせず、義時が笑みを納めた。

「先ほど、西国より早馬が届きました。西国の平氏が、勢いを増しています。梶原殿や土肥殿は幾度も軍を出しておりますが苦戦しております」

「新中納言か」

「はい。平知盛が長門の彦島から指揮を執り、平教経が瀬戸内を暴れまわっております。その様はまさに神出鬼没といった有様で、つい先日、土肥殿が播磨で大敗を喫されました」

土肥実平は、鎌倉の武士の中でも大軍を率いらせれば、梶原景時と共に五指に入る実力者だ。実平が敗れたとなると、それを上回る武士は鎌倉には限られてくる。

「九郎がいる」

義経が力を持つことを頼朝が恐れているのかとも思ったが、義時が苦しげな表情をして首を左右に振った。

「伊勢、伊賀、近江で平氏残党が兵を挙げました」

その言葉の意味を解し、範頼は息を呑んだ。

「伊賀では平田家継が大内惟義を襲い、伊勢では平信兼が起っています。彼らを鎮圧しようとした佐々木秀義《ささきひでよし》殿は一戦交え、討たれております」

「佐々木殿が討たれたか」

古くから頼朝に仕えていた老人だった。義時の視線が西へと向いた。

「その背後には、伊藤忠清がいるとも」

「厄介な男だな。それがまことであれば、畿内の平氏は忠清の下に糾合されるぞ」

伊藤忠清は、平清盛の頃から代々平氏に仕え続けてきた老将だった。清盛の信頼は厚く、かつては東国八か国を束ねるほどの力を与えられていた男である。

平氏の都落ちには同道せず、畿内に潜んでいたということなのか。忠清の一声があれば、平氏の残党が拒むことは難しいだろう。

「九郎は、畿内の鎮圧が務めか」

「後白河院がそう望まれ、九郎殿を左衛門少尉に任じられています」

「兄上はそのことを？」

思わず喉が鳴った。頼朝は、朝廷が武士に直接官位を与えることを忌避している。武士の棟梁たる頼朝が推薦することで、武士は官職を摑むことができる。それが、平氏との戦を通じて、武士の忠誠を己に向けさせるために頼朝が造り上げた仕組みなのだ。

義時が唸り声を上げた。

「殿もまた、畿内平定のため院の沙汰を追認されました。九郎殿が畿内の指揮を執り始め、戦況は互角まで持ち直しています」

追認という言葉には含みがあった。しかしと、義時が続ける。

「九郎殿は畿内の抑えで手が離せませぬ。知盛の脅威が間近に迫った今、ことは急を要します。鎌倉にいる武士で、土肥殿や梶原殿以上の戦をできる者は少なく、殿はその候補として三河守殿を挙げられました」

頼朝の言葉があるというのであれば、範頼にそれを拒否することなどできはしない。だが、言いよどむ義時に視線を向けると、義時が短く三度呼吸した。

「殿は、三河守殿を恐れておられます」

戯言を言うな。口にした言葉は、だがあまりに真剣な義時の表情によって、喉から出てくることは無かった。

「下野を攻めた志田義広を、京では木曾義仲、そして福原では平氏一門を。三河守殿が大将軍を務めた戦は一度も敗けておりませぬ」

「諸将の力ゆえだ」

「左様」

頷いた義時が、深く息を吐き出した。

「三河守殿が大将軍となった戦では、その麾下の武士が大いに活躍します。此度も、小山殿や下河辺殿は無論、梶原殿やかつては殿と並び立たんという野心を抱いていた甲斐の安田殿や、摂津の多田殿も冠絶の功を立てている」

「何が言いたい」

「三河守殿の下で戦働きをした者は、望むと望まぬに関わらず、その器以上に働いているように見えます。それは一軍の将などとはかけ離れた、天下の大将軍の器にございましょう」

それは義時の言葉なのか、それとも頼朝の言葉を義時が代弁しているのか。範頼の心を見透かしたように、義時が口を開いた。

「殿のお心にございます」

「それで」

「殿は、三河守殿にご自身以上の戦の器を見ておられます。万が一、鎌倉に叛旗を翻す不届き者が現れた時、三河守殿がその旗印となれば、恐ろしいことだと」

「九郎の戦場での働きを見ていないがゆえだ。俺よりもよほど戦の神に愛されておる」

「先鋒の将としては、そうなのでしょう。されど、千軍を率いる大将軍の器ではございませぬ」

義時は何を目的として、いま口を開いているのか。頼朝が自分を邪魔と思うのであれば、今ここで処刑すればいいだけの話だ。もっとも義時程度であれば返り討ちにして、逐電する。坂東に来て十七年、下河辺行平のような益荒男《ますらお》と鍛錬してきた。義時の細い身体は、恐れるほどのものではない。

だが、義時に敵意はなく、刀も無造作に板敷きの上に転がっている。

不意に、義時が頭を下げた。

「殿は三河守殿を恐れています。しかし同時に、血を分けた弟君を愛してもおられます。三河守殿に安達殿の姫君を、九郎殿には河越殿の姫を娶《め》あわされたのも、血を分けた肉親と争いたくないと思われているからです」

「話が見えんな」

「私の道は、梶原殿と同じなのです」

そう区切った義時が、何かを決意するように拳を握った。

「父は北条の名を、高貴な血を引く武士に敗けぬものにしようと望んでおりますが、私は殿の歩まれる道の露払いをすることだけが望みなのです。武士としてこの国に平穏をもたらす。それを成すことができるのは、殿だけと私は信じております。されど、その道を殿が恐れるほどの才を持つ方々が妨げている」

「北条の家はどうでもいいと？」

「天下の平穏の前には、些事でございましょう」

低い声は義時の覚悟の表れにも思える。だが、それを容易に信じられるほど、範頼は目の前の若者を知らなかった。

「道を妨げる者とは？」

「いまだ西国で再起を狙う平宗盛、知盛の兄弟。殿の意思を汲まず、自らの利だけを追う坂東の武士たち。そして、望めば殿に代わりうる才を持つ者」

義時の拳が板敷きに強く押し当てられ、震えていた。

「殿に命じられました。三河守殿を越える武士になれと。されば、自分が血を分けた兄弟と争うこともないと」

「お主が俺を越えれば、兄上が次に恐れるのはお主ではないのか？」

「殿に叛するような心が芽生えれば、私は自死を選びます」

範頼を見上げる義時の瞳には、常の冷たさが消え、熱く滾るものがあった。

「見上げた覚悟だが」

頼朝の警戒が分からないわけではない。もし、自分が頼朝の立場であったとすれば、力ある弟を警戒しただろう。戦には常に勝ち、己の配下だった武士たちを使いこなす男など、恐怖でしかない。武士の棟梁となる血筋でもある。

自分が見ている景色と、自分が見ているであろうと思われている景色は、あまりにも違う。

下野の野で怠惰に眠りこけることが夢などと言っても、義時どころか、鎌倉の武士は誰一人として信じないだろう。

肩の重さを感じ、範頼は嘆息した。

「西国へは、いつ発てばいい？」

頼朝がそれほど義時を信じているというのであれば、北条家の小倅を育て上げることも悪くない。その結果、北条の力が大きくなるとしても、頼朝がそう望んだことだ。自分はただ逃げるだけだと思った。

義時の拳から、震えが消えた。

「すぐにでも」

こもるような声に、範頼は頷いた。

二

元暦元年（一一八四）八月二十七日――。

畿内に入った範頼は、鎌倉では感じられなかったほどの狂騒を肌に感じた。上は朝廷から下は辻冠者原までが平氏の入京を恐れ、中には源氏の敗北を声高に叫ぶ者も出始めていた。

後白河院が西国に遣わした召使が、額に焼き印を入れられ、京へ送り返されていた。焼けただれた無惨な姿に院は怒り狂い、朝廷の公卿は夜も眠れぬほどに怯えているという。

道すがら伝え聞いた範頼は、平知盛の覚悟を垣間見た気がした。

知盛の行為は、後白河院や後鳥羽帝の王権を認めぬと、そう宣言したようなものだ。

一ノ谷で相まみえた、目頭の上に傷を持つ武士を思い出していた。知盛はこの国の秩序を見限っている。だとすれば、平氏が取りうる手は、たった一つしかない。粟立つ二の腕を、範頼は思わず摑んでいた。

三万二千の本軍を山陽道へと進ませ、範頼はわずかな供回りで入京した。大軍を京に入れれば、蜂の巣をつついたような騒ぎになることは想像に難くなく、京で時を使うことに意味を見い出せなかったこともある。

「お待ちしておりました」

御所で官符を受け取った範頼を待っていたのは、白色の直垂に身を包む梶原景時だった。範頼の入京にあわせて、任国である播磨から一時上洛してきたのだという。

怜悧な顔つきは変わらないが、そこには濃い疲労が張り付いていた。上総広常の暗殺など、策謀の士としての印象が強い景時だが、軍を率いさせても優れている。その景時が、ここまでやつれるのは平氏方の勢いを物語ってあまりあった。

時が惜しいと御所から東北へ歩き出した景時に、範頼は従った。

検非違使庁《けびいし》は御所の東北に位置し、洛中に睨みを利かせる場所にある。知盛との西国の戦、後顧の憂いを断つために、どうしても話しておかねばならない男がいた。

門の前に立ち、景時が深く息を吐き出した。

「鎌倉殿に立ちはだかるかもしれぬ者を、陰に日向に裁いてきました」

常に鉄面皮を張り付け、感情を見せない景時とは思えない声だった。景時の瞳が、まっすぐ範頼に向けられた。

「上総殿をこの手で殺し、まだ十を越えたばかりの清水義高を殺すよう進言した。甲斐の一条や、信濃の井上も同じ。渋る鎌倉殿に決断を迫ったのはそれがしです」

流れるように語り出した景時の言葉は、腹の底に響いてくるようだった。

「それを俺に言ってどうするのです？」

この男は陰惨だが、姑息ではない。出会った時から、嫌いになれない正直さが、この男にはあった。

「もし今の言葉を一条や井上らの家人に伝えれば、彼らは梶原殿を狙う」

小さく頷いた景時が、唾を呑み込んだ。

「鎌倉殿が道の果てに辿り着くためには、この手がどれほど汚れようとも構いませぬ。その末路が、恨みに搦め捕られた者たちに攻め殺されることだとしても」

今、ここで確かめねばならないと景時が覚悟している。

景時の気配が、腰の刀に集まっていくようにも思えた。

景時が恐れているのは、平氏追討の軍を率いた範頼が、暗殺を恐れて頼朝に叛旗を翻すことだろう。平氏と講和し、共に鎌倉に攻め込むかもしれぬとさえ思っているかもしれない。

ゆえに、粛清の糸を引いた者は自分だと言い放ったのだ。己の名を挙げることで、景時は自らの首根っこを範頼に摑ませた。景時の言葉を一条や井上の家人に流せば、その日から景時は眠れぬ夜を過ごすことになる。

その青臭さに、範頼は思わず苦笑した。検非違使庁の高い塀を見上げ、範頼はそのまま抜けるような青空へ視線を向けた。

「案じる必要はありませぬ。粛清を命じたのが梶原殿であろうと、兄上であろうと、俺は殺されるようなことはしませぬ。何せ、俺の道はただ生きることです。しかし――」

ただ、範頼が西国の平氏を討てば、また少し変わってくることも分かっていた。頼朝が恐れ、義時に命じたことでもある。

「西国の平氏を討つほどの源三河守範頼は、いずれ兄上のために殺さねばならないかもしれない」

景時は否定しなかった。

「九郎も同じでしょうね。その戦の才は西国を治めるには不可欠だが、功を立てれば必ず院が手の内に引き入れようとする。そうなった時、梶原殿は九郎暗殺を進言する」

任国の播磨を離れてまでここに来たのは、範頼の心を見極めると同時に、義経の真意を摑み切れていなかったからだろう。義仲を討った後、後白河院に拝謁した義経は、自分の道を妨げれば許さぬと口にしていた。

西国の戦に勝ち、源頼朝の威勢が王家を遥かに超えるものとなった時、義経がどう動くのか。それを見極めておきたかったはずだ。そして、その時範頼という武士を使えるかどうか。

「泰平を願ってまいりました。この生き方は、もはや変えられませぬ」

潔い言葉に、範頼は肩を竦めた。

景時にこの生き方を強いたのは、頼朝だ。そして、そのいずれにも己のためにという野心はない。身なりも質素であり、酒も口を濡らす程度だ。

「梶原殿」

口にした言葉は、自分でも思ってもみないほど軽やかなものだった。

「その正直さは嫌いではない。だが、あえて口にするものでもないと思う。口にするからこそ、そなたは多くの武士から疎んじられている」

「三河守殿も直截《ちょくせつ》に言われますな」

呆れるような景時の表情に、範頼は肩を竦めてみせた。

「九郎には、俺から話そう」

頭を上げた景時の横を通り過ぎ、範頼は検非違使庁の門扉をくぐった。

夏の日が差し込んでいるにもかかわらず、室内が暗く感じるのは義経と向かい合っているからなのか。その身が放つ気配は、変わらず鋭い。

「三河守補任、祝着至極に存じます」

義経の言葉に、範頼は小さく頷いた。

「検非違使に任じられたようだな」

範頼の言葉に、義経が顔を背ける。

「敵を討つには、力が必要でした」

どこか拒絶するような言葉は、義経の頑なさと、焦りを感じさせた。

義経も、自らの危うい立場に気づいているのだろう。頼朝は鎌倉を通さない武士の任官を許しておらず、朝廷から直接任官された者を追放してもいる。義経の検非違使補任は、頼朝の知らぬ京で決められたことだった。

「案ずるな。兄上も理解されておる」

そう言った範頼に、義経の瞳がわずかに開いた。

「梶原殿、土肥殿を支えながら、畿内を鎮めた。兄上も喜んでおられた。九郎が検非違使を受けたことで、朝廷が落ち着いたふしもある。此度のことは不問に付すと伝えるよう、俺は兄上に手を握られたよ」

義経を刺激し、敵に回すことはできないという頼朝の判断もあるだろう。

しかし、稲瀬川《いなせ》で範頼を見送った頼朝の瞳に、嘘はなかったように思う。必要とあらば、義経を大将軍として動かせ。耳元でそう囁いた頼朝の言葉は、お前たちを信じるというようにも聞こえていた。

目を見開いた義経が、一度顔を俯け、そして再び範頼へと瞳を向けた。

「おかしな話ではございませぬか」

「おかしな話とは？」

聞き返した範頼に、義経が頰を歪めた。

「治天の君は、帝にあらせられる。この国に生きる武士は、帝のなす政を護るため、力を許された者です。守護する者が、守護すべき政を疑うことは許されぬことでしょう」

「九郎」

義経が背後に控える梶原景時を見た。

「兄上、肚の探り合いは無用です。私は鎌倉を出陣した時からなんら変わっておりませぬ。帝の政を守護するため、義仲を討ち、一ノ谷で平氏と戦いました。ただ、それだけのこと」

景時が、いかなる表情で義経を見ているのか。振り返りたい気持ちを堪え、範頼は口を開いた。

「もし鎌倉の意思が、帝の政と相容れぬものとなれば、いかにするつもりだ」

義経が、左右に振った。

「私は私の道を行くだけと、申し上げたはずです」

肌を刺すような気配を、背後に感じた。義経の表情は微塵も変わっていない。嘆息し、範頼は頷いた。今は、それでもいい。頼朝や景時は、平氏を滅ぼした後のことを思い描いている。だが、それが彼らの想像を遥かに超えた難事であることを範頼は知っていた。

「俺は、平氏を滅ぼすためだけにここに来た。九郎。帝もそれを望んでおられるな？」

「左様です」

「ならば、俺たちの道は重なっているはずだ」

互いに、今だけはと心の中で呟いたはずだ。

「九郎」

長い沈黙のあと、空気を震わせた声に、義経が怪訝な顔をした。範頼の言葉に、圧するような響きを感じたからだろう。もう一度腹の下に力を込め、範頼は義経を見た。

「屋島は陸上から狙え。船は摂津、熊野にある。俺は西海道で待つ」

「私には洛中の警固がございます」

「お主が動く口実は俺が作る」

この策は、義経でなければ不可能な策だった。

梶原や土肥が苦戦しても、義経は動かなかった。敵は義経が京から動かないと思い込んでいる頃だろう。自分が平知盛を長門国に引き付け、屋島を義経に急襲させる。

立ち上がり、義経を見下ろした。義経が範頼でない別の何者かを見るように、目を見開いている。

「お前の道のために、俺を勝たせてみせよ」

そう言い残し、範頼は義経に背を向けた。背後に殺気にも似た気配を感じたが、足を止めることはしなかった。

三

波打ち際に横たわるものに、無数の船虫がまとわりついている。黒く蠢く様は、範頼の肌を粟立たせた。同じような蠢きの山が、延々と続いている。それが人の骸であることに気づいたのは、十歩の距離に近づいた時だった。

酸鼻を極める光景だった。

範頼の隣では、義時が目を見開き、しきりに喉を鳴らしている。

「三河守殿、これは」

「これが、武士の棟梁を決める戦だ」

範頼の呟きに、義時が呻き声を上げた。

頼朝挙兵から、石橋山、富士川と戦ってきた武士ではあるが、それ以来、久方ぶりの戦場のはずだ。この光景は、義時が想像していた戦場とはあまりにかけ離れている。

坂東の武士同士の戦は、どこか古きを偲ぶ清々しさがある。ひたすら武芸を磨き上げ、一対一で技を競い合う。どちらかが死ぬことになろうと、相手の鍛錬と、それを上回った己を誇りとし、互いに生き残れば生死を超えた友となる。

しかし、源氏と平氏。この国の覇権を争う戦の中で、武士同士の戦いはその質を変えていったと言っていい。個から集団へ。そして、極めた技を披露することから、より多くの敵を殺すことへと。

「己の道を行くため、遮る者は一人残らず殺しつくさねばならない」

「それにしても、これは」

声を震わせる義時を見て、範頼は梶原景時が、北条家の後嗣を淡路国（現在の兵庫県淡路島）へと導いた理由が分かった気がした。

「平氏の戦場は海上にある。その本貫も讃岐国屋島、長門国彦島と海の上だ。船戦に疎い源氏は、海の上に生きる者を味方につける必要がある」

それは同時に、海の上で生きる者を、平氏の味方にさせないことでもあった。

波打ち際にうち捨てられた武士の骸は、景時が源氏に味方せぬ武士を殺しつくした結果だった。

「淡路国衙に在庁していた船越《ふなこし》や吉川《きつかわ》といった武士たちは、なぜ梶原殿の要請に応えなかったのでしょうか？」

義時の問いかけは鎌倉の威容を知る者だからこその言葉だろう。だがその言葉に、感じたのは、鎌倉の認識の甘さだった。

「京を捨て、西国に落ちた平氏は、知盛の手腕によって瞬く間に瀬戸内諸国を切り取った。在地の武士を頼り、時に族滅させる強引さもあった。西国の武士たちの瞳には、知盛の力が目に焼き付いている」

「殿よりも、平氏を恐れていると？」

愚かな、と言わんばかりに歯を食い縛った義時に、範頼は首を左右に振った。

「義時。福原の戦で、源氏は平氏に大勝した。鎌倉ではそう認識されているな」

「ええ。宗盛、知盛兄弟こそ討つことはできていませんが、相国《しょうこく》の弟である忠度やその五男を始めとして多くの一門を討ち取りました」

「討ち取った者の名だけ見れば、平氏の力は酷く落ちたと思うが」

言葉を区切り、範頼はゆったりと風を摑む鳶を見上げた。

「倶利伽羅峠で平氏を破った木曾義仲と、京で鎌倉の武士に敗れた義仲。両者は同じ武士だが、その勢力は全く別物と言っていい。京の義仲は、西国の平氏を討とうとする者、鎌倉を討とうとする者、京を護ろうとする者、様々な思惑に搦め捕られ、自由を失っていった」

義仲の失敗は、京に本貫を置き、義仲自身が絶対の棟梁となれなかったことだ。甲斐や近江、摂津から集った源氏の武士、そして老獪な朝廷の思惑に引き裂かれ、倶利伽羅峠の時のように、平氏を討つという一つの目的を見据えることができなかった。

「西国に落ち、そして福原まで戻ってきた平氏は、滅ぶ寸前の義仲のようなものだった。京での栄華を諦めきれぬ者、鎌倉へ強い恨みを持つ者。だが、そのほとんどが討たれ、今の平氏はたった一人の思惑によって動いている」

「倶利伽羅峠の頃の義仲だと？」

「そうだな。木曾義仲は、稀代の戦巧者だった。六条河原で九郎と戦を交え、瀬田では俺自身がその戦ぶりを見た。同数で戦って勝てぬと思った最初の武士だ」

「最初の？」

義時が、耳聡く聞き返してきた。

「福原、生田での戦い。俺は一万以上の兵を率いていながら、平知盛を討つことができなかったのだ。義仲のような巧みな指揮だったわけではない。だが、平氏方の武士たちは、平知盛という大将軍に熱狂し、ついにその熱狂を超えることはできなかった」

その姿は、義仲以上の恐怖を範頼に与えた。

話したことで少し落ち着いてきたのか、義時の顔にも血の気が戻ってきた。

「いいか、義時。これが、武士の棟梁をかけた戦の果てだ。殺さねば、殺される。平穏に慣れていた平氏と、戦の中で生きてきた東国の武士との間でさえ、これほどの戦となる」

もしも、東国の武士同士が争うことになれば、どれほどの惨劇がもたらされるのか。

景時は、それを北条家の後嗣に見せたかったのだろう。今、頼朝の目は同族の有力な武士へと向いている。だが、頼朝を脅かす源氏の武士が消えれば、その次に目が向くのは、麾下の有力な坂東武士のはずだった。

そして、坂東武士の粛清を成す者は景時か、第一の家の子とも呼ばれる北条義時か。現を知らぬままに頼朝の意向を重視すれば、武士の滅びだけが待っている。老練な景時は、若く経験の少ない義時に伝えたかったのだ。

「この先の戦は、平知盛との戦だ」

義時が青空を見上げ、頷いた。


騎馬も徒士《かち》も、秋風に身体を晒しながら山陽道を駆けた。

「駆けることが戦と思え。倒れた者を踏み越えて駆けろ」

平氏が本拠とする屋島への渡海のため、摂津で船を集めていた範頼は、小山朝政が合流したのを機に諸将を本陣に集めた。

時が勝敗を分ける。人が変わったかのように吠える範頼を、皆が呆気にとられた表情で見ていた。

軍議を終えると、この先の策を畠山重忠に託し、頼朝の下へと向かわせた。源氏方全ての力を振り絞る必要がある。

書状では漏れる恐れがある。伊藤など平氏方が畿内に潜伏している今、力なき武士では捕らえられ殺されるだろう。武勇を誇る重忠は、戦場に行けぬことを残念がっていたが、軍議を見届けた頃には自分こそが戦を決する役と理解したようだった。

知盛という男の視界は、自分が見ているものよりも遥か遠くを見ている。もしもこの戦で逃すようなことになれば、この国には、頼朝以上の者が現れることになるかもしれない。手の甲に滲む汗は、知盛への恐れだった。

違和感を抱いたのは、播磨を越え、備前に入った時だった。

平氏方の抵抗が、あまりに少なかった。範頼は屋島攻撃を装っており、山陽道を下るとは思っていなかったはずだ。だが、それを差し引いても平氏方の武士が煙のように消えている。八方に送った斥候が戻り、この半年で平知盛によって落とされた城郭にも、平氏方の兵はいなかったと伝えてきた。

そこに駆け込んできたのは、遥か西国の孤島からの報せだった。対馬。この国と大陸を結ぶ絶海の孤島に、平氏の武士が大挙して押し寄せたのだという。

「朝政を呼べ」

もし自分が平氏を率いる将であればどうするか。

宋との交易を押さえ、西海道（九州）という兵站《へいたん》を確保できれば、海上の戦で平氏は鎌倉勢に敗けることはない。この国を二つに分け、王家が手を出せない国を創り上げる。

額に汗を滲ませた朝政は、すぐにやってきた。傍には何事かというような顔で、北条義時が控えている。

「三河守殿、いかがされた」

範頼の官名を呼んだ朝政が息を整えるのを待って、範頼は言葉を整理した。将が憶測でものを言うべきでないことは分かっている。だが、もしもその憶測が真になれば、手の打ちようがないものだった。

「知盛に戦う気はないかもしれないぞ」

「まさか」

訝しがる朝政と、ただ驚く義時の表情を見比べた。さすがに朝政は歴戦の士であり、範頼の言葉の意味を探ろうとしている。

「我らが屋島を無視して西国へ進軍していることを、長門にいる知盛もすでに知っているはずだ。だが、ここまで抵抗らしい抵抗はない。おかしいとは思わぬか？」

「味方は三万騎を超える大軍です。わずかな抵抗をするより、どこかで兵をまとめているのかもしれませぬ」

「ああ。俺が平氏の将として源氏を滅ぼすならばそうする。だがな……」

呟き、範頼は若い義時に視線を送った。

「義時、お主はどう思う」

義時の視線が左右し、喉を鳴らした。

「平氏は西国、特に西海道に力を持っているとも聞きます。私であれば、長門まで源氏方の兵を引き込み、西海道の軍兵と、屋島の兵とで挟撃を考えます」

「良い考えだ」

義時の瞳がわずかに大きくなった。義時の言葉は、西国で源氏方の軍を滅ぼし、再び京へ戻ることを考えるのであれば上策と言っていい。知盛がその手を取ることは十分に考えられる。だがもしも、知盛にその気がないのであれば――。

安徳帝は平氏の手中にあり、その手許には正統の帝を示す三種の神器がある。東国の武士よりも、王家への尊崇が強いと言われる西国の武士たちが、主として仰ぐには十分なものだ。

これは、大きな賭けになると思った。

「この先、俺は兵の苦しみを斟酌しないぞ」

朝政が目を細めた。範頼がそう断るほどのものと、覚悟したようだ。

「知盛は対馬を見ているかもしれぬ」

「対馬、ですか……」

その地名に、朝政も気づいたようだった。小さく唸り声をあげた。

「対馬に安徳帝を移し、平氏一門は西海道に拠る。そうなれば、海上の優位が平氏方にある以上、対馬は容易に手を出せぬ地となる」

この国は二つに分かたれると続け、範頼は短く息を吸い込んだ。

「重しとなる鎧などは全て捨てさせろ。速戦で知盛の拠る長門彦島を落とし、西海道へ渡る。だが、覚悟しておけ。俺が知盛であれば、西海道を行く我らを、必ずどこかで足止めさせようとする」

「平氏の埋伏があると？」

義時の言葉に、範頼は首を振った。

「埋伏か、別の手か」

範頼は腕を組んだ。足止めさせるだけならば、無理に戦う必要はない。海上を戦場とする平氏を討つには、多くの船がいるのだ。源氏が船を手に入れられぬようにすれば、それで事足りる。

「朝政、義時」

範頼の言葉に、二人の背が伸びた。

「西海道の豊後へ渡れ。いまだ旗幟《きし》を明らかにしていない緒方惟栄《おがたこれよし》、臼杵惟隆《うすきこれたか》を引き入れろ」

二人とも、平氏に反抗的な武士だった。

だが、まだ源氏方につくことを明らかにもしてはいない。勝者につくという、武士の当然の思惑を色濃く保っている二人だった。

もしも知盛が対馬と西海道を押さえた独立を狙っているのであれば、多くの船を有する二人を引き入れ、速やかに西海道を平定する必要がある。

朝政が鼻を鳴らし、にやりとした。

「承知しました。人を口説く役は、行平には向きませぬな」

「義時もよいな?」

頼朝の義理の弟であればこそ、その立場が効いてくることもある。範頼を監視することを命じられていることは分かっていたが、この役は義時にしかできないものだった。

義時が苦渋を顔に滲ませ、そして長く息を吐き出した。

「かしこまりました。勝敗を分かつ役目であることは心得ました。これを受けることを、殿も否定はしますまい」

　頼朝が寵愛しているだけはあって、物事の軽重を見抜く力は優れている。

　義時に頼むと言い残し、範頼は諸将を本陣に招集した。諸将が集まるまで、範頼は頼朝と義経、そして養父である藤原範季に宛てて書簡を記した。頼朝へは現状の詳細な報せを。義経には、これから起きうるであろう事態を。

　そして、範季には平氏に怯える源範頼という大将軍として書簡をしたためた。平氏なお勢い強く、兵粮は尽き果てた。このままでは平氏の討滅は難しく、一度京に戻ることを望む。

　書き終え、範頼はにやりとした。

　義経を京に縛るものは、後白河院の寵愛にある。しかし、この戦はやはり義経の力なくしては終わらない。義経を京から動かすためにも、後白河院の信任厚い範季からの働きかけが必要だった。

　範季は、自分のことを手駒の一つ程度にしか思っていないだろう。手駒の思惑に乗ることを範季は不愉快に思うだろうが、動かざるを得ないはずだ。範季が蒔《ま》き、芽吹かせようとした種は、源頼朝に並びうる源範頼という大将軍の姿なのだ。ここで範頼が平氏追討に失敗すれば、範季の目論見は水泡となる。

　王家を護るためにも、範季は後白河院を説得せざるを得ない。

「吉と出るか、凶と出るか」

決して動かぬはずの義経が動くかどうか。それが勝敗を分かつ賭けになると思った。

暫くした時、武田や足利、千葉、和田ら錚々たる武士が本陣に集まった。

「夜を徹して駆ける。平氏方の拠点は、全て無視する。出立は陽が沈む頃。役に立つかは分からぬが、夜営を装う」

それで半日、敵の目を誤魔化せる。諸将の前で手を叩き、範頼は床几《しょうぎ》に一人座り込んだ。

闇の中を駆け始め、日が昇る頃には備中に入った。後方から伝令が飛び込んできたのは、備後も半ばまで来た時だった。備前に平氏方の将あり。すぐさま佐々木盛綱に二千の兵を与えて引き返させた。

やはり動いてきた。

備後を抜けた時、佐々木の勝報が届いた。備前の児島に拠った平氏を討っているが、同時に周辺の民の多くが戦に巻き込まれて死んでいた。平氏に味方することを恐れた佐々木の手の者による仕業だという。悪びれる風もなく、むしろ用意周到であることを嬉々として伝えてきていた。

源平の戦が長引けば、この国は武士によって滅びる。

焦燥の中で長門に入った時、範頼の瞳に映ったのは、山並みに翻った無数の赤旗だった。ひときわ目立つ流旗の横に、武士が一人、範頼を見下ろしていた。だが、その瞳には範頼への憎悪は一かけらも感じられなかった。

追ってきてしまったのかという、諦念のみがそこにはある。

「何故、そんな目をする……」

知盛へ問いかけた言葉に、だが遠く離れた知盛が応えることは無かった。

武士の棟梁の座を賭けて争ってきた。源氏か平氏。いずれがこの国を統べるかを賭けて戦ってきたと思っていた。だが――。

もしかすると、自分は大きな思い違いをしていたのではないか。細くなった視界から、知盛がゆっくりと姿を消した。

四

西海道へ渡海する兵は、精鋭に絞った。

鎌倉から従ってきた武士の多くが渡っているが、兵は四千を超える程度。そこに小山朝政や北条義時が調略した豊後の緒方、臼杵兄弟の兵をあわせても六千ほど。

海路、豊前まで進むと、そこで再び上陸した。

長門の彦島を知盛が押さえている以上、海峡を抜けて博多津《はかたのつ》へ向かうことはできないと諸将が主張したためだ。だが、もしも海峡を抜けたとして、知盛は妨げただろうか。長門で範頼の前に姿を現した平氏の大将軍の姿に、範頼は拭いきれない違和感を抱いていた。

葦屋浦に布陣したのは、二月一日のことだった。

平知盛が、自分を待ち構えている。

なぜかそう感じた。伝えられた大宰大監原田種直《だいげんはらだたねなお》の布陣に、平知盛の名はない。だが、必ず現れる。葦屋浦と知盛のいる彦島は目と鼻の先。原田が敗北すれば、平氏は西海道における最も有力な家人を失うことになるのだ。知盛の目的が、王家との決別であるならば、敗けることの許されない戦であるはずだ。

八千の兵を横に広く展開する原田勢に対して、範頼は六千を五段に分けた。

一段目に、下河辺行平を置いた。長引かせれば、寡兵であることが不利になる。行平には、敵の大将首だけを命じた。

小山朝政と北条義時には五百ずつを率いらせ、本陣の後方五段目に置いた。

長期にわたる行軍で、味方の中にも厭戦気分が蔓延している。疲弊しきった武士たちには、正面の戦に集中させた。地の利は平氏側にあるのだ。知盛が仕掛けてくるとすれば、挟撃を狙ってくるだろう。

冬の太陽が昇りきった時、戦が始まった。

両軍から開戦の牒《ちょう》（公文書）を携えた軍使が中央まで進み、互いに受け取る。軍使が自陣に戻るのを機として、鏑矢が交わされる。軍使は駆け戻るのが通常であるが、互いに命運を賭けた最後の戦だと分かっているのか、その歩みはひどく遅かった。

軍使が自陣に戻った時、両軍から軍使の勇敢さを称える歓声が上がった。

鏑矢が放たれた。風を裂く音が聞こえた。野を穿つ二つの音が響き、だが暫くは両軍とも動き出さなかった。

「三河守殿、これは」

義時が不安そうな声を上げた。

「これが戦だ。敗ければ死ぬのだ。好んで戦いたい者などいるものか」

死にたくないという一万三千の兵の声が、範頼には見えるようだった。馬上で引き抜けぬ太刀に手をやった時、範頼は覚悟を決めた。

「行平」

友の名を口にした。下河辺行平の大音声と共に、兵の血が滾り始める。名乗りを終えた行平が太刀を引き抜き、猛然と駆けだした。刹那、味方の喊声が爆発した。


原田はよく戦っている。

坂東武者は海上の戦にはものの役に立たないが、一度陸地に立ってしまえば、鎮西の武士では相手にならない。次々に本陣に届けられる敵将の死に、範頼は戦場を凝視した。

不意に、敵の陣形が鳥の羽を開いたように広がった。敵の本陣が下がる。こちらを押し包もうという動きなのか、それとも原田が逃げようとしているのか。千葉と武田の率いる二段目、三段目を左右に展開させた。

両軍が楯を構え、敵の攻勢に備えた。その瞬間、敵の本陣が大きく崩れた。一段目の行平が、敵の本陣に達し原田種直の弟を討ち取った。種直自身も矢を受けたという。不意に範頼は視界の中に信じられないものを見つけた。

千葉と武田に前進を命じれば、戦が終わる。拳を握った時だった。

潰走する敵の本陣の中で、味方の兵が一人、宙に舞い上がった。

何が起きているのか。目を細めた時、範頼は唾を呑み込んだ。黒地の直垂に唐綾縅《からあやおどし》の大鎧をまとった平知盛が、鈍色に光る刀を、まっすぐ天へ突き立てていた。崩れゆく敵の本陣の中で、範頼までの道が開けるこの瞬間を待っていたのだ。行平は敵を追っている。千葉や武田は敵の両翼に備えている。

知盛と、視線がぶつかった。

唐綾縅の大鎧を着け、黄金造りの太刀を右手に構える様は、まさしく天下を率いる大将軍の威風がある。

源範頼を殺すためだけに、原田率いる八千の兵を犠牲にしたのか。俺の命に、八千の命を賭ける価値などない。歯を食い縛った時、知盛が微笑んだような気がした。

知盛の刀に跳ね返った太陽の光が、千々に破れた。

知盛の短い声。馬蹄が響き始めた。知盛の背後についているのは、百騎ほどの武士だ。いずれも傷だらけの鎧を身に着けている。範頼を討てば、この先の戦に勝てると思い、必死の形相で迫ってくる。

だがそれでも焦りが湧き出てこないのは、先頭で駆ける知盛のせいだった。

全てを悟り、自分の行く末を天に任せたような気配がある。

「朝政」

呟きは、友への合図だった。

太刀に手をかけることは無かった。朝政であれば、自分の窮地を察し、必ず兵を送ってくると信じていた。拳を開いた時、左右から兵が飛び出してきた。

大地が震え、馬蹄が近づいてくる。

眉間の皺が見えるほどの距離になった時、いきなり知盛が吼《ほ》えた。

ぶつかった味方が、いとも簡単に討たれていく。だが、突進していく兵は途切れない。どれほどの兵が知盛に討たれたのか。知盛の周囲に、味方の武士による骸の山ができていた。知盛は荒い息を落ち着かせるように俯いている。

騎乗する知盛の身体は返り血にまみれ、地獄の住人の気配さえ漂っている。

「並び立つ平穏を願ったが……」

知盛の言葉が聞こえた。その声は、滅びを前にした男とは思えぬほどの静けさに満ちている。

「願うほどに、届かぬものだな」

喧騒の中で、その声だけははっきりと聞こえた。本陣を動く気配を見せない範頼に、知盛が苦笑したようだった。

力なく笑い、そして颯爽《さっそう》と背を向けて駆け出した。

「追うな」

飛び出そうとした味方の兵に、思わず命じていた。追えば、返り討ちにあい、そのまま本陣まで攻め返ってくるような気がした。いたずらに兵を失うことになりかねない。

ここで知盛を逃したとしても、もはや九州を失った平氏の頽勢《たいせい》は変わらないのだ。西海道を制した。京を発した時、義経と景時に披露した策は成ったと言っていい。あとは、義経に任せるだけだった。

敗れてなお敗北を感じさせない知盛の背中から、範頼は目を背けた。

五

元暦二年（一一八五）二月――。

田ノ浦の潮流の音は、乱れ打つ鼓のような激しさがあった。福原での戦から、ちょうど一年が経っている。一年前は馬上から遥か西を望んでいたが、今、馬上からは遥か東を望んでいる。

両隣に控える小山朝政と下河辺行平の顔には、郷愁があるように思う。自分も似た顔をしているのだろうかと思い、範頼は頬をつねった。

原田種直を破った範頼は、その勢いのまま大宰府を制し、門司関までを制圧していた。西海道にあった平氏の有力家人は、ほぼ全てが範頼の軍門に下った形である。

もはや、西海道は平氏の基盤とはなりえない。そう判断した時点で、範頼は軍勢の一部を周防へ渡海させ、屋島から西海道へ向けて進む義経の道案内を命じた。範頼自身は、大宰府に留まることを選んだ。

戦況は、追撃へと移っていた。

葦屋浦の戦いで知盛が敗れ、そして平氏の本貫である屋島では、棟梁である平宗盛が義経に敗れている。

戦船を持たぬ源氏では、屋島は決して落とせない。平氏の武士が口にし、源氏の武士もまた認めざるをえなかった戦を、義経はいとも容易く成し遂げて見せた。海上にそびえる砦を、義経は嵐の夜に衝き、陸側から奇襲したという。

敗れた平氏は、彦島に拠る平知盛との合流を目指し、海路瀬戸内を西へと進んでいる。

「九郎殿らしい戦でした」

心の中を見抜いたかのように口を開いたのは、小山朝政だった。

「戦場での勝利は九郎殿の手によるものが大きく、戦そのものは梶原殿が勝たせたと言っていい。いずれかが欠けても、この勝利はなかったでしょう」

志田義広に下野を攻められた時と比べると、朝政の口調には落ち着きがある。

小山大掾政光の名代として、全ての戦に範頼の副将として従ってきた朝政は、自分の父より上の歳の者たちを巧みに動かしてきたのだ。義経や行平のような先鋒の将としての輝きは無いが、大軍を率いる調整型の将として、抜きんでた成長を見せていた。

「梶原殿が土佐、伊予、熊野の水軍を糾合し、九郎殿が敵味方の誰もが予想しなかった形で屋島を衝かれた。得難い勝利であることは確かなのでしょうが」

「含みのある言い方だな」

一瞥すると、朝政が疲れたように頷いた。

「これは、少しばかり六郎殿の思惑から外れているでしょう」

「少し、ではないな」

あえて見ぬようにしていたことだが、朝政の言葉通り、屋島の勝利は大きな罅《ひび》となる可能性があった。荒波の中に、範頼は溜息を吐いた。

「俺の思惑では、兄上の命によって、九郎と梶原殿が屋島を攻略するはずだった。だが、九郎の戦機を見る瞳の鋭さとでも言えばいいのか。兄上の命が下る前に、九郎は梶原殿を振り切り出陣してしまった」

「後白河院が、平氏追討をお認めになったとも言いますが」

「なお悪い」

頼朝の命に従わず、後白河院の命によって動いたという事実のみができ上がってしまった形なのだ。頼朝に無断で任官することなど、小事と思えるほどの事態だった。頼朝の目指すものは、武士と王家の分断にある。王家に並び立つのは唯一、武士の棟梁たる頼朝のみであり、その他の武士は全て頼朝の命に服することが、頼朝の見据える国の形だ。それを、最も近い血族である義経が無視したという事実は、頼朝にとって許し難いことのはずだ。

義経の戦機を読む力が無ければ、戦そのものはもっと長引いていたかもしれない。ゆえに、義経ばかりを責めることはできないが、それでも間の悪さは否定できなかった。頼朝の命は、義経が摂津を発した翌日、景時の下に届いているのだ。なぜ、一日待てなかったのか。義経に言わせれば、おそらく戦機を摑むためと言ってのけるだろう。もとより帝の政を護ることが自らの定めと口にしていたのだ。弁明らしい弁明をするとも思えなかった。

たった一日のすれ違いが、どう転がっていくのか。

鎌倉にあって激怒する頼朝の姿を思い浮かべ、範頼は対岸の壇ノ浦へと視線を向けた。

「朝政、行平。俺は暫く大宰府に残る。お前たちは先に京へ戻れ」

行平が、物珍しそうな表情を向けてきた。

「熱心でございますね」

「九郎のせいだ。俺に求められるのは、臆病なほど兄上に従う姿勢だ」

西海道を制圧した以上、範頼に期待されているのは、西海道の武士をあまねく頼朝の御家人として名を連ねさせることだ。抗う者には、多少強引な手段を使う必要もある。おそらく、それは生きたいと願う者たちの望みを、氷塊を砕くように潰えさせるものになるだろう。

自分が生き延びたいがため、咎無き武士を殺すことになる。

身勝手な自分の姿を、二人の友に見せたくないと思った。

「どうなるかは分からぬが、朝政、行平」

名を呼ばれた二人が、見えぬ程度に背を伸ばした。

「この海に平氏が沈めば、その怨念は津波となって鎌倉へと襲いかかる。決して、呑み込まれるな」

二人の友が無言で頷いた時、空からは粉のような雪が舞い始めていた。


元暦二年（一一八五）三月二十四日――。

東西から近づく戦船の群れは、この国の歴史の中でも無二の光景だろう。朝焼けに向かって、赤の軍旗をはためかせる五百余艘が駆けている。そして、朝焼けを背に、平氏を壇ノ浦の底に沈めようとする千余艘の戦船が掲げるのは、源氏の白旗だった。

「義時、帝から目を離すな」

朝政、行平と入れ替わるように、範頼の副将を務める北条義時に、範頼はそう命じた。

義時が張りつめた表情で頷いた。

鎌倉を出立して以来、そのほとんどを義時は範頼の傍で過ごしている。

範頼を超えるようにと頼朝に命じられたというが、西国での戦を経て、義時は戦に向いていないように思い始めていた。

頭では冷徹に物事を考えられる。西海道の処置についても、顔も知らぬ武士たちの処遇を流れるように決めていった。西海道の武士にとっては苛酷な処置も、顔色一つ変えず申し渡していった。文官としての才はある。

だが、義時には致命的な脆さがあった。

淡路の浜辺で、連なる武士の骸に怯えていた。葦屋浦の戦では、目の前で討たれていく原田種直の軍勢から目を背けていた。

頼朝のため、妨げとなる武士を粛清することはできるだろう。だが、敵となる武士が多くの兵を率いた時、その兵を殺すことを義時は恐れているのだ。武士によって力ずくで、時には子の命と引き換えに駆り出される無辜の兵を殺すことができない。

それは、義時の心の清らかさなどと呼べるものではなく、ただの弱さでしかないことを範頼は知っていた。坂東の武士の心の底には、生きるためならば、いかなる手を使ってでも敵を殺さねばならないという本能があるのだ。

もしも、義時がその甘さを持ち続ければ、この先、鎌倉で起きる争いを生き延びることはできない。それどころか、頼朝の側近と目される義時の弱腰が、諸国の武士に知られれば、鎌倉そのものが軽んじられ、争いは大きなものになることは火を見るより明らかだった。

頼朝は、義時の弱さを見抜いていたのだ。ゆえに、範頼を超えろと命じ、自分の傍につけた。梶原景時もまた、それを見抜いていたがゆえに、己を見つめさせるつもりで淡路の凄惨な光景へと案内した。

自分がすべきことが何か。

この数年、ずっと戦場に立ってきた。無惨に殺されていく武士や兵を幾千、幾万と見てきた。そしてそれ以上に、死んでいく民を見てきた。

「ここで沈む命全てが、この国の平穏を願っている」

口にした言葉に、義時の耳が微かに動いた。

「その瞳に無惨な光景を焼きつけろ。その耳に、死にゆく者たちの断末魔の叫びを刻みつけろ。泰平とは、兄上だけが願う道ではない。全ての民が、ただ生きたいがために願う道なのだ」

義時は、頼朝の道こそが自分の道だと言い切った。だが、その視界の中には頼朝ただ一人がいるだけであるように見える。頼朝が泰平を願うがゆえ、泰平を願っているふしがあった。

しかし、そもそも泰平とは、誰か一人の願いではない。全ての者が、当たり前に手にしたいと願う祈りなのだ。

出陣前の義時であれば、頼朝が民の殺戮《さつりく》を命じれば、その意を受け入れる危うさがあった。

梶原景時は、己が鎌倉の武士に恐れられ、恨まれていることを知っている。粛清の嵐が、いずれ己の身に返ってくるとも覚悟しているかもしれない。ゆえに、景時は自分が消えた鎌倉で、頼朝を支える力を持った武士を探している。人に泰平をもたらそうとする頼朝を支え続けるために。

頼朝への誠忠と呼ぶべきか、その道への誠忠というべきか。だが景時の視界には、頼朝と共に無数の民がいる。それが、義時との差だった。頼朝が道を外れ、非道の王となった時、景時であれば再び頼朝を戻すことができるかもしれない。だが、今の義時では無理だろう。

感情を見せず、常に怜悧さを保つ景時を思い浮かべ、範頼は肩を回した。

「安徳帝はいまだ十を超えぬ童だ」

そう呟いた時、輝きを増した朝焼けの中で両軍が激突した。

安徳帝とその母である建礼門院《けんれいもんいん》（平徳子《のりこ》）、そして平清盛を生涯支え続けた二位尼《にいのあま》（平時子《ときこ》）が乗るのは、ひときわ目立つ御座船だった。

その傍の戦船の舳先に立つ武士を、範頼は見つめた。東に昇る太陽を見据える男の目には、光の中から源氏の戦船が滲みだしているようにも見えるだろう。

「あれに立つのは、平知盛。兄宗盛に代わって、平氏の全軍を束ねる男だ」

滅びゆく平氏を率いて、それでもなお知盛は人として生き延びようとしたのだと、範頼はようやく分かった。

京を落ち、安徳帝や一門を率いて西国へ向かった知盛は、一度は京を目指して戦った。

だが、武士として生き延びようとした知盛を切り捨てた王家を、知盛は諦めとともに受け入れたのだ。そして人として生き延びるために、知盛は再び西国を目指し、王家との決別を宣言した。

長門、山頂から範頼を見下ろしていた知盛の諦念の滲む表情の意味は、今ならば理解できるような気がした。

平氏が滅びた後のこの国の姿を、知盛は嘆いていたのだ。人に泰平をもたらそうとする頼朝と、思いを同じくする知盛が西と東に並立していれば、分かり合えることもあっただろう。

だが、人を想う頼朝と、人を見捨て王家のみを至上のものとする後白河院の二人が残れば、必ず両者の間に齟齬が生まれる。それこそ新たな戦乱の種であることに、知盛は気づいていたのだ。

事実、頼朝の麾下には、義経という王家を尊ぶ将がいる。

「これは、平氏の滅びなどではない」

口にした言葉に、義時がこちらを向いた。

「平氏の滅びでないならば、これは」

「人の滅びだ」

「人、ですか」

「今、意味が分からずともよい。だが、兄上の道がお主の道だというのであれば、知盛の滅びの意味だけは、誤解なくその手に握っていよ」

柄にもないことを話したような気がした。ただ生きてさえいればいいと思っている男が、源頼朝とともにこの国を描こうとする若者へ話せることなど、本来何もないはずだった。

この四年にわたる平氏との戦が、少しばかり自分を変えたのかもしれない。無数の人を生かす力を持った者として、戦ってきた。志田義広を破り、義仲を討ち、そして平氏を滅亡に追い込んだ。

殺した敵の数、死なせた味方の数を数えれば、幾夜かかるかも分からない。

己が生きたいがために殺した命は、同時にこの先、人が死なずに済む時を少しでも長く作るためのもののはずだ。そう思うことで、戦えたと言ってもいい。

お前も、それを望んでいるのだろう。

風を受けても微動だにしない知盛に語り掛けた時、太陽が中天に昇っていることに気づいた。

「潮が」

義時の呟き。範頼が目を細めた時、いきなり源氏方の船団が猛然と前へ出た。潮の流れが変わり、源氏の船団が潮上になったのだろう。

それまで、数で劣る平氏の船団は高い技で奮戦していたが、潮の勢いに乗った源氏の船団を止めることはできなかった。次々と呑み込まれていく平氏方の船の中で、ひときわ目立つ武士がいた。

平教経。福原の戦で、畠山重忠と下河辺行平を相手に一歩も退かず、無双の矢と呼ばれる那須与一の矢を、扇で叩き落とした男だ。船戦にもかかわらず、大鎧を身に着ける姿は、この戦が最期と思い定めているからなのだろう。迫る源氏の兵を次々に海の中に叩き落とし、逃れようとする者の背に刀を打ち付けている。

不意に、教経が猛然と船の上を飛ぶように駆け始めた。

その先には、九郎義経が水飛沫を浴びながら、迫る教経を見つめている。坂東屈指の武士二人を相手に伍する教経相手に正面から戦えば、義経でも勝てない。

ここで、討たれれば。

呑み込んだ言葉が胸のあたりで漂った時、義経に肉薄した教経の刀が、飛燕のように閃いた。

「見事だ」

思わず口から洩れた言葉は、弟へ向けたものだった。波に揺れる船の反動を利用して、教経から遠く離れた船へと飛び移っている。身軽な義経だからこそできることだ。そして、教経という剛勇の武士に勝つことは自分の役目ではないと知っている。

避けられた教経が、満足げに笑ったようだった。そう見えた瞬間、近くにいた源氏の武士を抱えると、教経は優雅ささえ感じる動きで海の中に飛び込んでいった。大鎧を着こんでいたのは、二度と浮かばぬようにだろう。

教経が入水したのを境に、次々と平氏方の武士が海へと身を投げ始めた。

「三河守殿」

不意に、義時の声が響いた。義時が見つめる船には、色艶やかな単衣を重ねた女たちと、そしてまだ幼さを十分に残す童が舳先へと出ていた。

義経が声を嗄らして、近づこうとしている。安徳帝がもつ三種の神器の奪還こそ、王家の期待するものだ。だが、義経を遮るように、いきなり十艘の戦船が前に出てきた。

平知盛。不意を衝かれた義経の動きが止まった瞬間、戦場に沈黙が広がった。

帝と皇后であった者が宙に舞い、そして昏《くら》い海の中に消えていく。

武士は、王家より出でて、王家を護ることによってのみ、生きることを許される。囲む源氏の武士たちの中で、同じ言葉を思い起こした者も多いはずだ。

安徳帝が入水して暫く経った時、我を取り戻したかのように、源氏方の喊声が狭い海峡に響き渡った。ただ一人残る平知盛を、千余の戦船が取り囲んでいる。

平知盛の姿は、思わず見とれてしまうほど、堂々としたものだった。

「武士である前に、人であることを私は知っていた。人として生きようとし、そして死ぬだけだ」

知盛の声が、戦場に響く。近づくことを忘れたかのように、誰も動いていない。

「見るべきほどのことは見た。もはや、輪廻する世を見る必要はなかろう」

知盛が戦場を見渡し、そしてゆっくりと範頼へと身体を向けた。

「人であることを忘れるな」

知盛が笑い、頷いた。

「さすれば、巡りは止まるやもしれぬ」

飛び込んだ海面は、水飛沫一つ起こらなかった。

「……これが平氏の、いや」

静寂の中に響いたのは、義時の震える声だった。

「これが人の滅び、なのですね。あまりにあっけなく、あまりにむごい」

人を乗せぬ五百余艘が、波にもまれるままに漂っている。かつて栄華を極めた一族がそこにはいた。ただそれだけのことだった。

「知盛卿の最期の言葉は、義時、お主に向けられたものだ」

船上から視線を外せないでいる義時にそう告げ、範頼は戦場に背を向けた。

己が生きるために、平氏を殺しつくした。人として生きることを願いながら死んでいった知盛に餞《はなむけ》として贈れるものがあるとすれば、それは最後の望みを叶えることだけだろう。

繰り返させはしない。

遠ざかる戦場。空気が割れんばかりの歓声を背中で受け、範頼は歯を食い縛った。

第六章

将に非ず

一

夜陰に紛れて、範頼は入京した。

供は下河辺行平のみである。牛車の音が聞こえた。物陰に行平と二人隠れてやり過ごすと、範頼は六条の堀川御所まで顔を俯けて歩いた。

「さすが、京ということでしょうか」

行平の声に滲む羨望に肩を竦め、範頼は切れることなく東西に続く塀を見上げた。見事な屋敷だった。広大な敷地を塀が囲み、頼朝が起居する鎌倉の大倉御所と比べても遜色ない。それだけでも、後白河院の寵愛ぶりが分かる。

南門に立つ僧形の男に顔を見せると、猛々しさを隠しきれぬ男が思いのほか丁寧な言葉遣いで頭を下げた。

導かれた広庇《ひろびさし》に腰をかけて待っていると、すぐに身軽さを感じさせる足音が二つ聞こえてきた。九郎義経。ゆったりとした水干に身を包んでいる。常に感じていた抜身の刀のような気配はない。

義経の後につく女によってであろうか。訝しげな視線を送る範頼に、義経が小さく微笑み、隣に腰をかけた。

「九郎、お主の微笑みは初めて見る」

口にした言葉に、義経が肩を竦めた。

「人前では笑うなと、童の頃、天狗に教わりました」

何を言っているのだと見返すと、義経の向こうで跪く女がくすりと笑った。

月明かりでも分かるほどに肌は白く、人とは思えぬほどに美しい。白い小袖の上に唐綾をまとっている。男装に近い恰好は白拍子を思わせるが、義経に説明するつもりはないようだった。

義経が頭を下げた。

「戯言にございます」

「そういえば、お主は鞍馬の天狗に育てられたという噂もあったな」

「御存じでしたか」

朗らかに笑う義経に、行平は毒気を抜かれたような表情をしている。

義経が範頼に刀を向ければ、身を挺してでも護ると吠えていたのだ。行平の困惑が伝わってきた。

隙を見せぬよう、範頼は静かに頷いた。

「民は強き者にその強さの所以を求める。偉業を成し遂げる者は、自分とは何かが違うはずと思い、諦めるために理由を求める」

「何を諦めるのです？」

面白がるような声音に応えることはせず、範頼は口を開いた。

「民は、九郎、お主を強き者と讃えている。鞍馬の天狗の噂もそうだ。荒法師との一騎討ちも同様。皆がお主の強さの理由を語り合っている」

「それがいかがされました」

惚けるような言葉に、範頼は歯を食い縛った。

「分かっているのであろう。お主の行いは、兄上に弓引くものだ」

「私は、京の護りを命じられているだけです」

やはりその話かというふうに、義経が肩を竦めた。

「静《しずか》、下がっていろ」

義経が命じると、女が立ち上がった。武芸の嗜みでもあるのか、一分の隙もない。立ち上がり、だがその場を動こうとはしない女に、義経が鼻を鳴らした。

「案ずるな。この二人は、千軍を率いらせれば勝てる者はいない。が、太刀をとれば私には勝てぬ」

切れ長の瞳が行平に向かった。

束の間、睨み合う恰好になったが、先に視線を下げたのは義経だった。

「今宵、無理を押して館に来ていただいたのは、何も決裂するためではありません。兄上に、私のことを知ってもらいたかった。ただそれだけです」

いつの間にか、禍々しい殺気は消えていた。

「兄上は、私がいつまでも鎌倉に向かわぬことを言われているのでしょう」

「鎌倉では、すでにお主を討つべきかという話が交わされている」

福原から壇ノ浦までの戦功によって、義経は伊予守に補任されていた。頼朝の推挙によるもので、受領の中では最高峰と言われる伊予を与えられたことは、義経に対する最大のねぎらいでもある。

伊予守への推挙を聞いて、頼朝がなんとか兄弟の対立を避けようとしていると範頼は感じていたのだ。平氏を討ち、武士が争う必要はなくなった。新たな戦禍を防ごうとする頼朝の想いであり、それは血の繋がった兄弟への愛情であるとも。

だが、義経は頼朝の想いを、いとも容易く一蹴していた。

伊予守補任のため、一度鎌倉に戻ることを命じられていた義経は、今日まで病と称して京に引き籠っている。

「なぜ、鎌倉へ戻らなかった」

「病でした」

義経の言葉には、悪びれるような雰囲気はなかった。

「二月も前のことであろう。もう癒えたはずだ」

「今戻れば、私は押し包まれて殺されましょう」

苦笑と共に言い放たれた義経の言葉は、もはや否定できなかった。

鎌倉で交わされている義経追討の議論は、何も伊予守補任のことだけではない。平氏が滅びてなお、いまだ頼朝への帰順を拒んでいる源行家《ゆきいえ》の追討を、義経は病を理由に拒絶している。

頼朝の想いを蔑《ないがし》ろにし、さらには鎌倉の武士としての務めも放棄している。まさに、自分を討ってくれと言わんばかりの行動だった。

「九郎、何を狙っている。俺は、それを知るために鎌倉殿から叱責されることを覚悟して、お主が呼ぶままに上洛したのだ」

この場で斬り合いをするつもりがないことは伝わってきた。ならば、義経はなぜ自分をここに呼び寄せたのか。

問いかけた範頼に、義経が月を見上げた。

「言伝《ことづて》を頼まれたのです」

「言伝？」

義経が頷いた。

「新中納言、平知盛。壇ノ浦で入水する前に、兄である宗盛に残したと言います」

絶句した範頼に、義経が静かに頷いた。

「恥辱にまみれることを知りながら、平氏の棟梁である宗盛が生きながらえたのは、ただ兄上に知盛の言葉を伝えるためです。一時は内府とまで呼ばれた権貴《けんき》。殺されるまで、いくばくかの時はあると思ったのでしょうね」

身分で言うのであれば、それは知盛も同じだった。だが、心を読んだかのように、義経が首を振った。

「知盛は武人です。兄として何も報いることができなかったと宗盛は言っていました。最期くらい、武士として死なせてやりたかったと」

俄かに信じられなかった。それが本当ならば、宗盛はそこ抜けたお人よしだと思った。宗盛は死に時を間違えた臆病者の誹《そし》りを受け、知盛は一門に殉じた勇将として名を残すことになる。

「生まれてくる世を間違えたのでしょう。宗盛は敗けるべくして敗けた。兄上と戦うには、およそ優しすぎた」

沈黙が闇を支配した。月明かりが雲に隠れ、再び姿を見せた。

「宗盛は、いや知盛は何を」

義経の瞳が鋭くなった。

「源平の争乱が終わった今、この国には二人の王がいます。主上、そして武士でありながら王家と同等以上の力を持つ鎌倉」

頼朝の名に、敬称をつけなかった。斬り捨てても許されるほどの言葉だが、範頼の腰にある太刀は使い物にはならない。義経が行平を視線で抑えた。

「そして大将軍と呼べる力を持つ者は、同じく二人です」

「俺と、お主か」

「兄上に比べれば、私はいささか小粒ですが」

しかし、と続け義経が目を細めた。

「その二人ともが鎌倉の麾下にいる。これは、王家を滅ぼしかねないほどの力だ」

義経の忠義が王家へと向かっていることは明白だった。だからこそ、福原の戦の後、頼朝は畿内に義経を残し、その真意を確かめようとしたのだ。

堀川御所を与えられていることを見ても、後白河院に寵愛されていると言っていい。

「院に何かを吹き込まれたか」

「違います」

義経が屈託なく笑った。

「兄上は誤解しておられる。私は後白河院や後鳥羽帝に忠誠を誓っているわけではありません。王家の下に武士があり、この国を治める。長くこの国を守ってきたその秩序に、忠誠を誓っているのです。その秩序が、四百年の間、大乱を防いできた。その証に、私は屋島に出陣する折、京に引き留める後白河院を振り切っています」

義経が後白河院の言葉を振り切って、出陣したという話は初耳だった。驚く範頼をよそに、義経が手を叩き、茶を命じた。

「平氏は強くなりすぎた。大陸との交易を独占し、全土の武力を一手に収め、京の一族を繁栄させた。しかし、それがゆえに、在地での繁栄を望む武士たちとの間に歪が生じたと言っていいでしょう。歪から生まれたのが、私であり、兄上であり、頼朝率いる鎌倉です。

秩序を守るためには、平家を討つしかなかった」

「お主が言いたいことは、今の源氏が強くなりすぎているということか」

「左様」

「その理屈から言えば、お主は我ら鎌倉勢と戦わねばならないのだろう」

あえて我らとつけた。だが、義経は動じることなく頷いた。

「頼朝には、我らを討つ気がありません。屋島の戦でその指揮から外れた私すらを、伊予守に任じようとした。頼朝の一族への想いは、深い。であればこそ、私は王家へ与しなければならない」

「本心でそれを言っているのか」

「戯言を言っているように見えますか？」

まっすぐに向けられた義経の顔には、曇りない瞳が二つ光っている。眉間に手をあて、範頼は言葉を探した。

「九郎」

「はい」

「俺と戦って、勝てると思っているのか」

言うべきでない言葉であることは分かっている。だが、義経を抑えるための適当な言葉が浮かばなかった。義経が苦笑した。

「兄上。私は鎌倉にいた頃の飄々《ひょうひょう》として、時に無気力に見えた兄上は嫌いだが、今この時の兄上は好きですよ」

「問いに答えよ」

義経が頷いた時、静と呼ばれた先ほどの女が茶を二つ、差し出してきた。一つに手をかけた時、義経が範頼の腕を押さえた。

「京にいては、私は兄上に勝てますまい。しかし、奥州十七万騎を従えた私にも、同じことを言えますか?」

奥州藤原氏。いまだ頼朝に恭順していない最後の敵の名だった。率いる兵の数と、三代にわたって奥州を支配してきた盤石さを考えれば、平氏以上に手ごわい敵とも言える。

そこに義経の軍才が加われば、自分でも苦戦するだろう。

「奥州に向かうつもりなのか」

「奥州と鎌倉。私と兄上が分かれてあれば、王家も鎌倉も、互いに手を出すことはできますまい」

右腕を掴む義経の腕はびくともしない。細身のどこにそれほどの力があるのかと思った。不意に、義経の瞳に切実なものが滲んだ。

「戦の種が、芽吹かぬためには、それしかないのです」

響いた義経の声は、あまりに悲痛だった。

「それが、知盛が死ぬ間際に遺した言葉か」

いつの間にか立ち上がっていた義経が俯き、そして頷いた。

「兄上がいなければ、いや、兄上が凡愚であれば、私が死ぬだけでよかった。しかし、平氏との戦、屋島や壇ノ浦で勝利したのは私ですが、その全てが兄上によって導かれたものだ。それほどの化け物を、頼朝は殺すつもりがないという。ならば、仕方ないではありませんか」

半ば叫びとなっていた。

静が目元に手をあてている。

温《ぬる》くなった茶を口にあてた。ひどく喉が渇いていた。渇きの理由は、義経の叫びを聞いたからなのだろう。

自分よりも八歳年少のはずだ。にもかかわらず、この男は国を背負っている。義経の小柄が、どうしようもなく大きく見えた。

義経が顔を背け、首を左右に振った。

「その茶に毒が入っているとは思われなかったのですか？」

諦めたような表情の義経に、範頼は首を振った。

「俺が死ぬというのならば、九郎も死ぬのであろう。ならば、それはない。その女子の腹には、九郎、お主の子がいるな？」

義経が目を閉じ、静が天を見上げた。義経の拳が、強く握られた。

「頼んでも？」

身重では、奥州まで辿り着くことはできない。義経が叛旗を翻せば、静は間違いなく鎌倉に囚われることになる。長く思案し、範頼は息を吐き出した。

「行平、行くぞ」

立ち上がり、範頼は背を向けた。

「兄上」

縋るような言葉に、範頼は瞼を閉じた。

「長く生きよ、義経」

九郎とは呼ばなかった。

「敵の子を、質として生かすのは当然であろう」

先を歩く行平の肩が、わずかに揺れた。背後、静が膝をつく音が聞こえた。

「源範頼としての言葉だ」

瞼を開き、範頼は肩越しに弟を見た。

「健やかであれ」

義経が頭を下げる前に、範頼は歩き出した。

門の前で、僧形の男が侍いていた。

「武蔵坊弁慶《むさしぼうべんけい》というそうだな」

「まことの名ではござらぬが」

荒々しく、どこか温かな声だった。苦笑する男に、範頼も微笑んだ。

「九郎を頼む」

頭を下げた男の横を通り、範頼は堀川御所を後にした。

互いが生きて奥州と鎌倉にあれば、容易に手を出せぬ。知盛が遺した言葉は、稀代の策謀のように思えた。凡愚の仮面を捨て去った範頼にとって、全てを捨てて逃げ出すという以外の唯一の道だ。

敵に、生きる道を残されたのか。

かすかな高揚とともに鎌倉へ戻った範頼は、京で義経が挙兵したことを、頼朝から告げられた。挙兵した義経は、後白河院に頼朝追討の院宣を強要し、明確に鎌倉の敵となることを宣言していた。

もし、自分が義経の立場であれば、ここまで潔く叛旗を翻すことができただろうか。できなかっただろうと思った。範頼の心には、自分が生き延びるということが大きなものを占めている。

軍を率いて戦うことはできる。だが、国を率いて戦うことはできないだろうなと、堀川御所で別れた義経の姿を思い浮かべてそう思った。頼朝と義経は、その目に同じ景色を映して戦っている。史に名を残すに値するのは、やはり兄と弟だ。自分は、人知れず表から消えていくぐらいが丁度いい。それが悪いとも思わなかった。


京から義経が消えて、時が経った。

その間に吉野山に隠れていた静は捕らえられ、鎌倉で義経の子を産んだ。女児であった。

義経が生きている間、質として生かしておく。義経が死ねば、その時、子も殺すと取り決め、範頼は赤子を引き取った。名は与えなかった。静には、生まれて間もなく死に、亡骸は由比ガ浜に埋めたと伝えた。蒼ざめた静とは、それ以上話すことはしなかった。

無数の追手を躱した義経が、奥州に入ったという報せが鎌倉に届いたのは、文治三年(一一八七)二月のこと。

義経が京を離れて一年と三カ月が経っていた。

奥州に義経があり、鎌倉には範頼がある。平氏の智嚢と呼ばれた平知盛が思い描き、義経が生まれてくる子を犠牲にする覚悟をもって、成し遂げたことだ。互いに手を出すことのできぬ平穏。

束の間かもしれないが、確かに平穏が生まれるかもしれぬという予感があった。

二

平穏とは、これほどまでに脆いものなのか。

鎌倉に集った溢れんばかりの武士を見て、範頼は口を結んだ。人は、そもそも平穏と相容れない生き物ではないのか。そう諦観を抱くには十分な光景だった。

「九郎が死んだ」

そう呟いた頼朝の前には、初夏の日照りを跳ね返す海が広がっている。直垂の裾が汚れるのも構わず、頼朝は波打ち際まで歩いていく。範頼は、黙して従った。左手でひく小さな手は、義経の忘れ形見だった。

頼朝の供は、遠巻きに由比ガ浜を囲んでいる。その中に、朝政もいた。

風が強いのか、波の音がいつもよりも強い。

「六郎」

「はっ」

「余は、九郎を殺した奥州を滅ぼすぞ」

頼朝の言葉には、深い恨みがあるようにも聞こえる。聞く者が聞けば都合のよい言葉だと思うだろう。奥州藤原氏を圧迫し、義経を殺させたのは、まぎれもなく頼朝自身なのだ。

娘は何の話をしているのか分かっていないのだろう。不思議そうな顔で範頼と頼朝を見上げている。

「泰衡《やすひら》と国衡《くにひら》は、共に戦うようです」

呟いた範頼の言葉に、頼朝の肩が揺れた。

奥州に君臨していた藤原秀衡が死んだのは、義経が平泉に辿り着いてすぐのことだった。義経を寵愛し、十七万騎の大将軍として期待していた秀衡が死んだことにより、義経の立場は難しくなり、そして秀衡の遺言が奥州に嵐をもたらした。

秀衡の跡を継ぐべき武士は二人いた。奥州武士の人望の厚い庶子国衡と、国衡に器で劣る嫡子泰衡。二人の跡目争いとならぬよう、秀衡は死ぬ間際、国衡に自分の正室を娶らせ、泰衡を義理の子としている。そして、義経を主君として鎌倉に当たるよう起請文を書かせた。

起請文通りにゆけば、奥州の主には義経が収まることになるはずだった。だが、義経は固辞し、家督は泰衡が継いでいる。義経が断ったのは、当然のことだろうと範頼は思っていた。

義経が願っていたのは、藤原秀衡率いる奥州と鎌倉の均衡であり、自ら頂点に立ち、鎌倉を討つことではない。

「六郎、そなたも奥州へ付いてきてもらうぞ」

頼朝の言葉が響いた時、左手を摑む力が強くなった。汗ばむ手を感じながら、範頼は息をついた。

「俺が役に立つ場はありますまい」

「役に立たずともよいのだ」

願うような言葉だった。

沈黙する範頼の心を察したのか、頼朝が空を見上げた。西から東へと、白雲が流れている。

「この戦は、余が全てを差配《さはい》する」

ちらりと範頼へ視線を送った頼朝の瞳には、鋭い光がある。

全てを差配するという頼朝の言葉に偽りはなかった。奥州藤原氏を滅ぼす戦は、頼朝の言葉によって始まり、頼朝の手によって終わるだろう。

頼朝の策謀が奥州を包んだのは、秀衡が死んだ直後だった。

泰衡への義経追討の宣旨と院庁下文を朝廷に発給させると、自らは奥州を熟知した将を起用し、合戦の準備を始めた。

頼朝の強硬な姿勢に気圧されたかのように、泰衡は義経を推戴しようとする藤原の一族を徹底的に弾圧し、二人の弟を攻め殺していた。藤原家の兄弟間の戦を、ただ傍観した義経の動きからは、その諦念が伝わってくるようだった。

もはや、奥州は義経や死した知盛が望んだような、鎌倉と均衡をなす勢力ではなくなっていた。

文治五年（一一八九）閏四月三十日――。

衣川の館を自ら包囲した泰衡は、起居していた義経とその郎党を皆殺しにした。最後まで果敢に戦った僧形の男は、矢を受けすぎて人相すら分からなくなるほどであったという。

〝九郎を頼む〟

そう範頼が言った男だろうか。

由比ガ浜の砂浜に立ち、範頼は手を引く童の頭を強く撫でた。お前の父は、強い男だった。平穏を保つことを誰よりも考えていた。あれほどの戦の才を持ちながら、その才を封じ、範頼と伍することで平穏を保とうとした。

何も分からぬような無邪気な瞳で、娘は範頼を見つめていた。母親に似ているのか、目鼻立ちはすっきりとしている。切れ長の瞳は父に似ている気もする。

頼朝の視線を感じた。

「そなたは、六郎のことが好きか?」

「ろくろう?」

義経の娘が頼朝に会うのは初めてのことだ。だが、それほど警戒しているように見えないのは、頼朝に面影を感じているからなのか。無表情な頼朝が束の間、目を細め、頷いた。

「三河守のことだ」

頼朝の言葉に、娘が目を輝かせた。それを返答と受け取ったのか、頼朝は顔を海へと向けた。

頼朝は、義経の娘をいかにするつもりなのだろうか。かつて、平清盛が情けをかけたために頼朝は生き残り、平氏を滅ぼすことになった。敗れた者の怨念を、頼朝は誰よりも知《ち》悉《しっ》している。

範頼は、うっすらと栗色に光る娘の髪を、優しく撫でた。

板敷きの床からはじめて立ち上がり、範頼の膝に抱き付いてきた瞬間が、瞼の裏にこびりついていた。もう五歳になっている。言葉も巧みに操るようになった。

「内府(平宗盛)の子は、八つであったな」

不意に頼朝が口にした言葉に、範頼は背筋が凍った。それは、頼朝が処刑を命じた童だった。

「ようやく武士の国の姿が見えた。それしか道はなかった」

背中を向ける頼朝がどんな表情をしているのか見たいと思ったが、近づくことを許さぬ気配があった。

「九郎の死は、この国のために必要なこと。京から奥州へと九郎が旅立った時、余はそう思い定めた。その時まで、余は諦めてはおらなんだ」

義経もまた頼朝の想いには気づいていた。気づいたうえで、信じる道を進むために頼朝の前から姿を消した。頼朝の策に殺されたとはいえ、自らの道に殉じただけだと義経は笑うだろう。

頼朝もそれを分かっている。だからこそ、九郎が殺したとは言わなかった。

「六郎」

頼朝が振り返った。その目には、初めて出会った時と同じ、範頼を測ろうとする光がある。

「余には未だ、道の先が見えぬ。そこに、何が待っているのか。誰が余の傍にいるのか」

見極めようとする光が弱くなり、代わりに滲んだのは怯えに近いものだった。だが、それはすぐに消えた。

「そなたは何を望んでいる。平氏を滅ぼした戦を操ったのは、余でも九郎でもなく六郎、そなたであると戦を知る者ならば言う。景時や常胤もまた、そなたを認めておる」

「過分なお言葉です」

「才ある者の謙遜は、怖いな」

深いため息が聞こえた。頼朝は、自分を殺すべきかどうか迷っているのだろうか。左手の熱に、範頼は俯いた。

「俺は、友と生きるためだけに、下野の野で叔父上と戦いました」

「野木宮か。もう八年も前のことだな」

「友を守るために源範頼として起ち、戦乱を戦い抜く中で、友が増えました。俺の視界には今、友と、友が守る民が映っています。彼らが平穏に暮らすことのできるであろう世が」

「その娘は、そなたの視界の中に映っておるのか?」

頼朝の言葉が、微かに震えていた。

口の中が渇いていた。水が欲しいと思った。すぐ目の前には海が広がっている。だが、そこに飛び込めばさらに渇くだけだろう。願いは容易く叶いそうに見えて、容易くは叶わない。そう言われているような気がした。

娘を一瞥し、範頼は抜けるような空を見上げた。

「はい」

一言、そう伝えた。

頼朝が長く息を吐き出し、娘の目線の高さにしゃがみ込んだ。

「姫、海は好きか?」

頼朝の問いかけに、娘が目を輝かせた。

「すきじゃ」

叫ぶように言うと、娘が範頼の足にしがみつくようにして見せた。

「みかわのかみどのと、来たからのう」

肺腑を衝かれるように感じ、範頼は瞼を閉じた。

「六郎」

聞こえた頼朝の声に、範頼は瞼を開いた。立ち上がった頼朝の頬には、ゆったりとした微笑みがあった。

「そなたが六郎である限り、余は弟を殺したくはない。その瞳に映る者も」

微笑みが徐々に薄れ、そして誰もが知る感情なき源頼朝へと変貌した。

「源範頼という武士であれば、余は躊躇できぬ」

もとより、そんなつもりはない。頼朝の無表情に肩を竦めるか迷い、範頼は小さく頭を下げた。八年ぶりに、兄の言葉を聞いた。そんな気がした。

三

建久《けんきゅう》四年（一一九三）三月――。

梶原景時が範頼の下に現れたのは、雨の降る夜だった。

板敷きの上に置かれた茵は、かすかに湿っているような気がする。景時が座り、その隣に北条義時が座った。義時とこうして向かい合って話すのは久しぶりのことだった。

「義時、やつれているな」

共に西海道を戦い抜いた頃の若々しさも、三十歳を越えて消えた。そこに、義時の苦衷が見えるように感じた。

義時が力なく微笑んだ。

「私の力不足です」

平氏が滅び、義経が滅び、奥州藤原が滅びた。そして、保元の乱以来、この国の武士を死に追いやってきたとも言うべき後白河院が薨《こう》じている。敵対すべき武士が消え、並び立つ王家の梟雄がいなくなったことで、鎌倉の武士の瞳には、昨日までの僚友が敵として映り始めていた。

桓武平氏、清和源氏の流れを汲む武士と、誇るべき血筋を持たぬ武士の対立であり、力なき者が力ある者に取って代わろうという動きだ。後者の筆頭が、義時の父時政だった。

義経が鎌倉に叛旗を翻した時、義時の父時政はただちに京へ上り、義経を扇動したとして後白河院を厳しく糾弾している。時政の苛烈な追及は、頼朝を日本国総追捕使とし、全土に地頭を置く権利を認めさせた。それは、全土の支配が頼朝の思うままとなった瞬間でもあった。

この功績、そして舅という立場によって、時政の力は鎌倉の中でも大きなものになっている。

伏し目で頭を下げた義時に、範頼は小さく頷いた。太刀を身体の右に置いている。隠してはいるが、義時が左利きということは知っていた。ここに朝政や行平がいれば、刀を抜いていただろうなと思い、範頼は顎に右手をあてた。

「して、俺に何の用だ。下野への隠棲も許されず、ただ日がな一日、広庇の上で陽の光を眺める男の下に来るにしては、不吉な組み合わせではないか」

「熱心に子守りをされていると耳にしました」

景時の言葉が静かに響いた。まだ殺していないのか。言下に込められた意味は伝わってきた。顔を背け、範頼は不快さを露わにした。

「姫の命は、俺の胸の内に任されておる」

「くれぐれも、時機を逸されませぬよう」

目を細めた景時が、微かに頭を下げた。侍所所司に任じられて以降、景時は輪をかけて冷酷になったと言う者もいる。だが、かつて平氏追討で共に戦った範頼は、景時の本質はその時となんら変わりないと思っていた。

泰平のため、頼朝を妨げる者は何と言われようとも処断する。良くも悪くも、頼朝を支えるという景時の忠誠は、生涯変わらないだろう。

思えば、頼朝の天下取りは、景時と共にあった。

三十四歳で挙兵した頼朝は、初戦こそ勝利を得るが、つづく石橋山の戦いで死を覚悟するほどの敗北を喫している。

平氏方の大軍に敗れ、木の洞に隠れていた頼朝を見つけ、救ったのが当時平氏方についていた景時だった。挙兵する前から頼朝を見ていたという。頼朝を救い、そして頼朝麾下となってからは義仲討伐では先陣を務め、西国で平氏が盛り返してきた時は最前線の播磨で孤軍奮闘していた。そして範頼、義経に従い西海に出陣し、勝利を摑んでいる。

上総広常暗殺や、頼朝への数多くの讒言《ざんげん》から策謀の者と思っている者もいるが、文武を兼ね備えた傑物であることは間違いなかった。

「本題に入れ」

話を切ると、範頼はそう告げた。景時が頷き、義時へ視線を向けた。口を堅く結んだ義時が、意を決したように頷いた。

「三河守殿に謀叛の疑いがかかっております」

「何だと？」

思いもよらぬ言葉だった。反問しようとした範頼を遮るように、景時が義時を制した。

「北条殿の言葉は、いささか性急なものです」

義時が悔しげに俯いた。

「謀叛の疑いがあるのは三河守殿ではありませぬ。土肥実平、安田義定を筆頭に、大庭や岡崎《おかざき》などの御家人です」

「信じがたい名ばかりだな」

そのどれもが、社稷《しゃしょく》の功臣といっていい。

特に土肥実平は頼朝が流人の頃から付き従い、石橋山の戦いで木の洞に隠れた時も共にいたはずだ。景時以上に頼朝に忠を尽くす男が叛旗を翻すことは、俄かに信じがたかった。

「土肥殿しかり、安田殿も一族を誅されてなお兄上に従ってきたはずだ。兄上が征夷大将軍に任じられ、世に泰平の兆しが見え始めた今、なぜそのようなことになる」

問い返した言葉に、景時が遠く西を向いた。

「大姫か」

言った瞬間、嫌な予感がした。

範頼の言葉に、義時が俯いた。恐れていたことが、遂に起きたということなのか。唾を呑み込み、範頼は目を閉じた。

頼朝が王家と交わることを望んでいることは、坂東の武士たちにも知れ渡っている。長女である大姫を後鳥羽帝の後宮へ入れようと、頼朝は数年前から画策してきたのだ。王家の外戚となることは、武士ではなくなることも意味している。かつての平氏と同様、反発する武士が出ることも容易に想像できた。

頼朝がそれを分からぬはずがないと思っていたが、父としての情を捨てきれなかったということか。頼朝は、かつて大姫の婿を殺している。以来、大姫は心を壊しているとも言われていた。

景時が範頼へと向きなおった。

「武士の棟梁である殿に忠誠を誓っている方々です。殿が王家の外戚となり、朝廷の一部となることを止めようとしている」

景時の言葉で、義時の表情の理由が分かった。土肥たちは変わらず頼朝への忠誠を抱いているのだ。だが、このまま頼朝が進めば、遠からず袂《たもと》を分かつことになる。動乱が治まったばかりの今、鎌倉の中枢を支える彼らの離反は、鎌倉そのものを崩壊させかねない。だが、それがなぜ自分に繫がっていくのか。訝しげな視線を向けた範頼に、景時が白いものが混じる髭を撫でた。

「いずれも、平氏追討の折、三河守殿の戦ぶりを目の当たりにした者たちです」

「俺を旗印にしようとでも？」

「それがしが土肥の立場でも、そう考えるでしょうような」

目を細め、景時が遠くを見るような目をした。

「西海での三河守殿を知る者であれば、あの戦の勝利は三河守殿の指揮があったからだと知っております。九郎殿亡き今、三河守殿が軍を率いて起てば、それを討てる者はこの国にはおりますまい」

「馬鹿げた話だ」

頼朝はすでに諸国の総追捕使として全土の兵を招集しうる立場にある。同時に、東北を平定した坂上田村麻呂以来の征夷大将軍として、この国の武力を総攬する名も手中に収めている。

東国数か国を率いていた頃の頼朝とは違う。

そう口にしようとした範頼を、景時が止めた。

「藤原範季卿も、そう考えるでしょうな」

囁くような景時の言葉に、範頼は予感の正体が分かった。範頼を育てた藤原範季は、帝の養父として朝廷の中枢で絶大な権力を振るっている。絶大な武力を握る頼朝が外戚となれば、範季の立場が弱まるだけではなく、次代の王家が頼朝の意のままに置かれるかもしれない。範季がそう恐れたとしても不思議ではなかった。

頼朝に不満を持つ武士をけしかけ、その旗印として範頼を据えることなど、あの男は容易くやってのけるだろう。

馬鹿げた想像と、切り捨てることはできなかった。

「義時、お主はいかに考える」

額に汗を滲ませた義時が項垂れた。

「土肥殿らのことは、確かにございます。そして、梶原殿と同じく、私が土肥殿の立場であっても、三河守殿を戴こうと謀ったと思います。平氏方の大敵である知盛を封じ込め、九郎殿を勝利に導いたのは間違いなく三河守殿でした。今年、私はその頃の三河守殿と近い歳になりましたが、いまだ追いつけたと思うことはありませぬ」

「左様なことはない。今の俺は、何の役にも立たない男だ」

「確かに、今の三河守殿は無聊《ぶりよう》を託《かこ》っているだけです。されど、あの頃の輝きは、傍で戦った者の瞳には消え難く焼き付いております」

引け目を感じながらも悪びれずものを言えるのは、義時の強さなのだろう。苦笑を嚙み殺し、範頼はこめかみを掻いた。

「その話が真として、兄上には？」

「お伝えしました。殿はただ一言、三河守殿と計らえと」

景時を見ると、まっすぐとこちらを見て頷いた。

ようやく、この二人が揃って範頼の館に現れた理由が分かった。

「兄上が、俺と計らえと申されたのか」

「御意」

頼朝の意図は、分かった。そして、兄が自分を信じていることも。範頼は決して自分を裏切ることは無いと、そう信じている。だからこそ、義経の娘を範頼に育てさせ、今またどうすべきかを計らうようにと義時と景時を寄こしたのだ。

眉間をつまみ、範頼は息を吐き出した。

「幕府が開かれたこの時期、大きな騒乱を起こすことはできぬ。そんなことになれば、兄上の威容が地に堕ちる」

頼朝が失墜すれば、全土に散っていった平氏の落人が、再び起ち上がらぬとも限らない。

立ち上がり、思案するように広庇へ歩いた。背後、二人も立ち上がり付いてくる。そのまま、範頼は庭園へ歩き出た。館の中では誰が聞いているかも分からない。

景時らも察したようだった。池のさざ波が響く中で、範頼は口を開いた。

「曾我《そが》の兄弟がいたな」

義時が頷いた。

曾我兄弟は、北条時政が烏帽子親として後見した若い二人だった。鎌倉麾下の御家人として、童の頃から頼朝に忠を尽くしてきた。だが長じるにつれて同じ鎌倉の御家人の中に、兄弟の父の仇とも言える男を見出し、仇討ちへの想いを常に吐露するようになっている。

「梶原殿。五月、富士で巻狩りが行われることになっている」

「ええ」

「工藤《くどう》は随行するのであろう」

その言葉で、景時は察したようだった。工藤とは、兄弟の仇の名である。鋭く光った瞳が夜空へと向けられた。

「仇討ちを蓑《みの》としますか」

「曾我兄弟の仇討ちを主導した者として、土肥殿らの力を削ぐしかあるまいな。大乱が終わり、争いは訴訟によると定められたのだ。己の手で裁くことは赦されぬ。それを唆《そそのか》した者も同様だ」

もはや戦乱の習わしは赦さない。曾我兄弟の仇討ちによる処断は、世が泰平になったことの宣言にも繋がるはずだった。

義時の表情が明るくなったのとは対照的に、景時の表情には苦々しげなものが浮かんだ。この問題の本質が御家人たちの叛意などではないことを、景時は気づいている。

「義時、お前もまだ若いな」

苦笑と共に、範頼は二人へ身体を向けた。

背に、月明かりが差している。

「梶原殿、追討はお主に頼もうか」

景時が瞳を揺らし、そして歯を食い縛った。

「そそげぬ汚名となりますが」

「旗が残っては、いずれ同じようなことが起きるであろう」

その言葉に、義時が目を見開いた。

「三河守殿、もしや」

義時の声に頷きを返し、範頼は肩を竦めた。

頼朝の弟であり、源氏の貴種という血筋がある。

自分がこのまま生きていれば、再び同じような企みを持つ者が出てこないとも限らない。今回は、北条の台頭を恐れる者たちだが、いずれ、目の前の男がそうならないとも言い切れなかった。

「兄上が俺に討てと言ったのは、温情だろう。九郎の娘を、育ててきた。兄上は、俺が姫を殺せぬことを、見抜いておられる」

殺せぬのであれば、せめて共に死ね。それが頼朝の最大の温情であることに気づいていた。

虚しさがあることは否めない。力を持つ義経は、戦を起こすことなく束の間の平穏をもたらそうとした。平氏の智嚢であった知盛が描いた絵は、だが描かれることなく潰えた。

そうして起きた奥州との戦では、再び多くの武士が死んだ。戦場となった土地では、武士のために苛酷な徴発が行われ、飢えた民が野に屍を晒すことになった。

生きるため、戦に身を投じた。

自分と、わずかばかりの友を生かすために。最初はそれだけだった。だが、戦ううちに、無数の死を目の当たりにした。その中で、彼らの死を無駄にできぬという、駆り立てられるような思いが生まれた。そして知盛との戦いで、確固たる思いになったと言っていい。

多くの武士を殺し、そして比べられないほどの民を飢えさせ、殺してきた。

彼らの死を、無駄にするわけにはいかなかった。

「姫も九になる年だ。ともに連れていく」

喉を鳴らした義時に、範頼は笑った。

四

よく晴れた日だった。

空気は冷たく、息を吸い込めば身体の奥底まで届くようにも感じる。

修善寺の信功院を背に、範頼は黒の直垂を身に着け、太刀を佩《は》いた。巻きつけられた布は、十二年も前に遡るものだ。下野国に攻め寄せた志田義広を討つべく、小山朝政や下河辺行平と共に起ち上がった。

源範頼を支えてみせろ。

今思えば、それまで賊との戦いしか経験していなかった男の言葉としては、ひどく傲慢なものだ。だが、朝政と行平は笑うことなく頭を垂れ、範頼の指揮に従った。

範頼が指揮を執り、朝政と行平が太刀を振るう。義仲を討ち、西海の果てで平氏を討ち滅ぼした。その全てで、二人の友は傍にいた。

久しく会っていなかった。

朝政も、行平も度重なる戦の功によって頼朝から厚い信頼を得ている。最後に一目会いたいなと思ったが、いまさら会ったところで二人の立場を悪くするだけだった。

富士の巻狩りの騒動は、鎌倉を揺るがした。

狩りを終え、宿に戻った鎌倉の武士たちが酒に酔ったところを、曾我の兄弟は襲ったのだという。二人は見事に工藤祐経《すけつね》を討ち果たしたが、戦働きの少なさゆえだろう。血に激した二人は、傍にいた御家人たちにも太刀を向けた。

一時は頼朝や北条時政も太刀をとるほどの騒ぎとなったが、遂には囲まれて撫で斬りにされたという。

二人が梟首されてすぐ、景時と義時は土肥実平や安田義定を糾弾した。

予期せぬ追及に土肥たちは激しく抗ったが、頼朝は取り合わなかった。一月後に常陸の小栗重成《おぐりしげなり》が失脚し、時を同じくして土肥が人知れず自害した。半月経たぬうちに、大庭や岡崎が出家を命じられ、十一月には甲斐源氏の棟梁である安田義定が処刑され、梟首されている。

そのいずれも、寛大な処置と言わざるをえない。もしも彼らが叛旗を翻し、頼朝に敗れていれば、族滅は免れなかったはずだ。

残るは、源範頼という旗だけだ。

青空を見上げ、範頼は遠くから響く甲冑の音に耳を澄ました。四方から聞こえてくる。遠くから包囲してきたのだろう。

景時らしい隙のない采配だった。

背後で枯れ葉を踏みしだく音が聞こえた。

「姫、待たせたな」

振り向いた先、旅装束に身を包む姫が、頬を強張らせていた。これから起きることを思い、恐怖しているのだろう。覚悟はさせてきた。そなたは、日本一の武士の子だと、そう言い続けてきた。姫は、範頼の子と思っているかもしれない。

武士の子であるならば、死を恐れるな。年端もいかぬ子に言い聞かせるにはあまりに残酷な言葉だった。死を恐れて生き残ってきた自分が、何を言うのだとも思う。だが、許せという言葉を言うことはできると思った。

共に死んでやれる。

それで、許してほしいと。不意に、姫が初めて立ち上がった時の光景が重なり、範頼は拳を握り締めた。

「行こうか」

「どこへ行くのです?」

言葉遣いも、随分と大人びていた。子は、知らぬ間に育つ。じわりと熱くなった目頭に、範頼は無理やり頬を吊り上げた。

「何という名かは知らぬが、そこにはそなたの父もいる」

初めての言葉だった。これまでの八年間、一度も父という言葉を口にしたことは無かった。姫のためを思えばこそのことだったが、辛い思いもしてきたはずだ。人並みに親に甘えることもできなかった。

すまぬ。そう言おうとした範頼は、思わずよろめいた。

腰に抱き付く姫が、泣いていた。

「父など知りませぬ」

叫び声だった。みるみる赤くなる瞳が、範頼を見上げていた。

「私には、三河守様がいた」

「俺は父ではない」

見放されると思っているのか。抱き付いて離れようとしない姫に、範頼は思わず空を見上げた。何度も唾を呑み込んだ。

梶原景時の率いる兵が、眼下に満ちていた。その様に、範頼は心の底から後悔が込み上げてきた。

死ぬと決めたはずだ。

義経の娘と共に死ぬと。殺せぬのであれば、せめて共に死ぬと、兄頼朝の温情に甘えることを決めたはずだった。にもかかわらず早鐘を打つ心臓は、何を言わんとしているのか。

口で息を吸い、範頼は姫の背を抱いた。

「案ずるな」

姫の身体が固まった。

「ずっと傍におる。そなたの前には、いつも俺がいる」

そう言うと、範頼は姫を背に負った。

もはや、投げられた賽の目は定まったのだ。驕る平氏は滅び、義経も滅びた。残る戦の芽は、自分一人だ。

範頼の役目は、ここで死んでいくことだった。

力の限り駆けた。斜面に転ばぬよう、開けた場所まで駆けると、範頼は遠くで声を上げる兵を見つけた。一人増え、二人増え、十人ほどが範頼を目掛けて駆けてくる。

最後の役目は、無様に逃げ、そして討たれることだった。範頼の名を、英雄として残してはならない。武士が頼ることができるのは、唯一頼朝だけなのだ。それこそが、この国の人々が平穏を生きる唯一の道だ。

駆けに駆けて、竹藪に追い詰められた。

振り返ると、太刀を握る八人の武士が、範頼を見つめていた。

端の兵が、じりと近づいてきた。

首にしがみつく腕に、力が籠った。思わず、太刀の柄に手をかけた。兵がおののき、後ずさりする。腐っても武門の棟梁の家柄ということなのか。太刀が抜けぬことを今更ながら思い出し、範頼は柄を強く握り締めた。

初めてのことだった。初めて、自分以外の誰かの命を守りたいと思った。だが、その力があるにもかかわらず、守ることはできない。これほどまでに痛切なものなのかと、範頼は絶句した。

動かぬ範頼を前に、兵が気勢を上げた。

太刀を抜けぬことに気づいたのか。殺せ。一人がそう叫んだ時、八本の太刀の切っ先が、一斉に天を向いた。

首を絞めつける腕を握り、範頼は瞼を閉じた。

「すまんな」

短い言葉だった。聞こえてきた声に、範頼は思わず目を開けた。

血が舞っていた。二つの剣閃が煌めく度に、兵が斃れていく。灰色の直垂に身を包み、綾藺笠を目深にかぶる男が二人。

顔を隠しているが、太刀筋はあまりに見慣れたものだった。

右で太刀を振るう男は、いつも範頼の傍で冷静を保っていた男だ。男の沈着さがあったがゆえに、範頼は苛酷な戦場でも我を失わずにいられた。

左で太刀を振るう男は、常に範頼の命で敵を切り裂いてきた男だ。男がいなければ、義仲を討つことも、九州で知盛に勝つこともできなかっただろう。

「朝政」

友の名だった。もう一人。

「行平」

二人の名を言葉にした時、最後の敵が斬り伏せられた。二人が綾藺笠の下で苦笑したようだった。

「誰ですか、それは」

朝政の声だった。

「我らは、偶《たま》さか通りかかった者に過ぎませぬ」

苦笑と共に行平が頷いた。その時だった。

足音が一つ、響いた。二人の背後から、大鎧に身を包んだ武士が、範頼を見据えていた。梶原景時。

「偶さかではなかろう」

景時が太刀を引き抜いた。

「殿の命だな」

景時の言葉に、範頼は思わず肩が震えた。

行平があらぬ方を向き、朝政は俯いている。景時が長く息を吐き出した。そして、初めてだろう。範頼に、微笑みを向けていた。

「源三河守は、修善寺に討たれた。我らが証人だ。よいな、小山朝政、下河辺行平」

命じるような声に、朝政と行平が嘆息し、綾藺笠を取り払った。

「三河守は修善寺にて囲まれ、無様に逃げるも、最後に鎌倉の武士を殺して、討たれていった。殿には、そうお伝えします」

朝政と行平が現れたのは、頼朝の言葉ゆえだという。そんなことが本当にあるのか。困惑する範頼に、朝政が首を横に振った。

「二人ともに、生きて傍に仕えて欲しかったと」

朝政の言葉に、範頼は息を呑んだ。

「二人の弟に手をかけねばならぬ定めを、鎌倉殿は嘆いておられました。ゆえに、ここに私と行平を送ったのです。三河守範頼の死を見届け、男と娘、いずこなりと逃がせと」

思わず、範頼は俯いていた。

頼朝の顔を思い浮かべようとした。冷酷な顔が浮かぶかと思ったが、脳裏に浮かんだのは、優しげな兄の微笑みだった。

滲む視界とはうらはらに、胸中を覆っていた靄が晴れていくようだった。

鞘ごと太刀を引き抜いた範頼に、景時が首を傾げた。

「景時」

柄と鞘を覆う布に指をかけた。血と汗、西海の潮。あらゆるものを沁み込ませ、容易には解けぬほどになっている。遠い昔、戦の種を殺せと授けられた刀だ。

「行平」

鞘を摑み、柄を行平に向けた。

行平が頷いた。刹那、白刃が閃いた。

布が、風の中に落ちた。拾い上げると、範頼は一度握り締めた。下野国で起つと決めた時、巻きつけたもの。太刀を抜かぬ誓いこそ、将であることの誓いだった。

握り締めた布を、景時に放り投げた。

「将としての源範頼は死んだ」

「必ずや、殿に」

受け取った景時が、深く頭を垂れた。

頼朝への別れだった。

「さらば」

そう口にした時、朝政と行平が笑った。笑いながら泣いていた。もう二度と会うことはあるまい。

背を向け、歩き出した。枯れ葉の音が、心地よく鳴った。

後ろ髪は引かれなかった。

源範頼の死は、頼朝に抗しうる最後の武士の死を意味している。無数の民の死は、無駄にはならない。範頼の死こそ、死した知盛や義経への餞だと思った。

不意に、正面から冷たい風が吹いた。

風の冷たさの中、背負う温もりが増したように感じた。

参考文献

石井進『日本の歴史7　鎌倉幕府』中公文庫　二〇〇四年
上杉和彦『源平の争乱』吉川弘文館　二〇〇七年
河内祥輔『中世の天皇観』山川出版社　二〇〇三年
五味文彦・本郷和人編『現代語訳吾妻鏡2　平氏滅亡』吉川弘文館　二〇〇八年
五味文彦・本郷和人編『現代語訳吾妻鏡3　幕府と朝廷』吉川弘文館　二〇〇八年
近藤好和『弓矢と刀剣』吉川弘文館　一九九七年
高橋慎一朗『武家の古都、鎌倉』山川出版社　二〇〇五年
高橋秀樹『中世の家と性』山川出版社　二〇〇四年
田中英道『鎌倉文化の思想と芸術　武士・宗教・文学・美術』勉誠出版　二〇一六年
野口実『武家の棟梁の条件　中世武士を見なおす』中公新書　一九九四年
野口実『源氏と坂東武士』吉川弘文館　二〇〇七年
菱沼一憲『源範頼』戎光祥出版　二〇一五年
元木泰雄『源頼朝　武家政治の創始者』中公新書　二〇一九年
元木泰雄『河内源氏　頼朝を生んだ武士本流』中公新書　二〇一一年
元木泰雄『治承・寿永の内乱と平氏』吉川弘文館　二〇一三年
山本幸司『日本の歴史9　頼朝の天下草創』講談社学術文庫　二〇〇九年

この作品は書き下ろしです。

森山 光太郎
もりやま こうたろう

1991年熊本県生まれ。2015年立命館大学法学部卒業。幼少期より、大伯父から歴史の手ほどきを受け、2018年『火神子 天孫に抗いし者』で第10回朝日時代小説大賞を最年少受賞し、デビュー。

歴史の知識を活かし『隷王戦記』『漆黒の狼と白亜の姫騎士 英雄讃歌1』などのファンタジー作品も執筆。

弟切抄《おとぎりしよう》 —鎌倉幕府草創記《かまくらばくふそうそうき》—

2021年10月20日　初版印刷
2021年10月30日　初版発行

著　者 ―――――――――― 森山光太郎

発行者 ―――――――――― 小野寺優

発行所 ―――――――――― 株式会社河出書房新社
〒151-0051　東京都渋谷区千駄ヶ谷2-32-2
電話　03-3404-1201（営業）
　　　03-3404-8611（編集）
https://www.kawade.co.jp/

印　刷 ―――――――――― 株式会社亨有堂印刷所

製　本 ―――――――――― 大口製本印刷株式会社

Printed in Japan
ISBN978-4-309-02996-2

◉河出書房新社◉

世阿弥最後の花

藤沢周 著

世阿弥は、なぜ72歳で遠く佐渡へと流され、彼の地で何を見つけたのか？
室町の都を幽玄の美で瞠目させた天才が最晩年に到達した至高の舞と、
そこに秘められた謎に迫る著者最高傑作！

ISBN978-4-309-02968-9

◉河出書房新社◉

武蔵無常

藤沢周 著

勝って、いかになる。殺して、いかになる……
それでも武蔵は巌流島へ渡る。己の弱さと闘い、迷いと悔いに揺らぐ殺人剣の神髄に迫った、剣道四段の芥川賞作家による鬼気迫る傑作！

ISBN978-4-309-02456-1

◉河出書房新社◉

西郷を破滅させた男　益満休之助

芳川泰久　著

中江兆民が勝海舟と図り、西郷を擁して政府転覆を企てた、〝二度目の明治維新〟は、なぜ間際で消えたのか？
西郷の暗黒面を支えた〝あの男〟益満が歴史の闇から甦る傑作歴史小説！

ISBN978-4-309-02737-1

◉河出書房新社◉

解死人　次郎左

新井政美　著

農民に飼われた武士がいた——元武士でありながら、村掛かりの浮浪の者・解死人として生きる親子。身分差に翻弄されながらも、戦国の世を必死で生き抜く姿を雄渾な筆致で描き切る‼

ISBN978-4-309-02692-3